異世界に
転移したら山の中だった。
反動で強さよりも快適さを選びました。

主な登場人物
ミシュト
「光と風、恋と気まぐれ」の神(精霊)。自由気ままにジーンのそばに現れては、忠告などをしてくれる。
ジーン/此花《このはな》 迅《じん》
姉の勇者召喚に巻き込まれ、異世界に転移した大学生。物を作るのが大好きで、手を抜かない性格。人に束縛されるのは嫌だが、世話好きな一面もある。
アッシュ/アーデルハイド・ル・レオラ(レオン)
アーデルハイド家の長女で、冒険者ギルド所属。一見すると男性に間違われるが、一応女性。寡黙で律儀、ちょっとずれている天然系。

クリス=イーズ
ナルシスト気味な銀の3つ星冒険者。いいやつではあるが、主張が激しいため、少々うざい。仕えるべき主人を探す騎士タイプ。
レッツェ
慎重で思慮深い冒険者。安定を好み、付き合いは広く浅く外面よくだが、気に入った人間に対しては面倒見が良い。
パウディル=ノート
アーデルハイド家に仕える、アッシュの執事。人当たりはよいが、実は腹黒い性格。
ディーン
銀の2つ星ランクの冒険者。明るく面倒見がいい兄貴分で、組織に組み入れられるのを嫌うタイプ。

Contents

異世界に転移したら山の中だった。反動で強さよりも快適さを選びました。

じゃがバター

イラスト
岩崎美奈子

プロローグ

「お酒はどれ？」

姉に言われてトランクから保冷バッグを出す。人数は俺を入れて4人だが、飲むのは姉ともう1人だけだ。

「ん」

姉の友達の兄妹のうち、兄の方が手を伸ばし、横柄《おうへい》に顎《あご》で寄越《よこ》せと促す。

「先に場所取りしているわね」

にっこり笑って言う姉に、保冷バッグを抱えた男と小柄な女が楽しそうについていく。他に荷物がたっぷりあるんだがな。まあ、持ってもらえるだけいいか。ジュース類と他の荷物とビール6缶を持つのはきつい。さて、荷物、持ちきれるかな？

荷物をどう運ぶか考えていると、誰かの悲鳴と急ブレーキの音がした——

振り返ったら、見慣れない風景というか、山の中だった。クッションの付いた銀色のレジャーシートを脇に挟《はさ》んで、肩に鞄《かばん》とクーラーボックスを提《さ》げた俺。悲鳴に振り返ったら誰もいない上に、山の中。意味がわからない。

もう一度振り返ると、車も消えていた。花火大会で臨時駐車場になっていた工場の敷地だったはずだが、完全に山の中だ。

夢かこれ？　夢じゃなければ、解離性《かいりせい》なんちゃらで他の人格で生活していたのが、正気に戻って……ってことはないな。荷物はそのままだし。悲鳴に意識を持っていかれ、振り返るスピードでブレたのかなんなのか、見たものも曖昧《あいまい》だ。一体いつ移動した？　姉との花火より、友達とキャンプに行きたかったから山の中なのか？　キャンプ用具もなしに放り出されても困る。

スマホを見る、圏外。固まっていてもしょうがない。夢だってことにして、じゃあサバイバルでやることはなんだ？

一つ、火の確保。一つ、水の確保。一つ、食料の確保。一つ、寝床の確保。順番は状況に応じて。

気温は寒くも暑くもなく、雨が降る気配も今のところなさそう？　周囲を探索しながら、とりあえず水の確保か。クーラーボックスに水とお茶、コーラはある。他につまみとお弁当が4つ。なので、ちょっと余裕はある。

道に、欲を言えば街に出ないかと歩き出す。結構勾配《こうばい》があって、荷物を抱えて歩くのはキツイのだが、どこかに置いたまま失《な》くしたら怖い。

これは夢だと思考に蓋《ふた》をしたけど、不安が這《は》い上がってくる。動じない心が欲しい。

川に出た。よし、水はオッケー。そのまま飲む勇気ないけど。

海に出た。よし、魚を釣ろう。釣り道具ないけど。……。椰子《やし》の木はないが、岩場で魚が捕《と》れそうだしカメノテみたいな貝もいる。カメノテは甲殻《こうかく》類でエビカニの仲間だけど。

夏の終わりだったんだが、少し涼《すず》しいようだ。日差しは強いが、海水の温度が低いのか、海風が冷たい。南の海のような透明度はなく、黒っぽい海が広がっている。

花火大会は、夏の終わりの川辺で開かれていた。夜は結構寒いからウルトラダウンを持ってきたけど、そこまで寒くはなく、むしろ過ごしやすい。

遠くに島がいくつか見える。というか、海岸には流木しかない。今時、プラスチックゴミがない海岸があるんだろうか？

休憩して弁当を食べ、来た道を戻る。そろそろ夜を過ごす覚悟をしなくちゃならない。最初の場所はそこそこ開けていて大きな岩もあった、あそこにしよう。山道を戻るのはきついが、同じところから元に戻れるかもしれないし。

乾いた木を拾い集めて、火をつけるものがないか鞄を漁《あさ》る。タバコは吸わないし、都合よくライターなんかないんだなこれが。

杉っぽい枝をカッターで両面から削って、火切り板を作る。適当な棒でぐりぐりして円形にへこんだら、次は摩擦が大きくなるように棒の先を三角っぽく切って、下に枯葉を置いてぐりぐり。とにかくぐりぐりぐり。

花火大会は初めてじゃないので、色々と持ってきた。ブルーシートと、地面に留める杭《くい》を打つための金槌《かなづち》。箱や袋を切るためのカッター、場所取りした土手で、刈り残しの篠竹を切る折りたたみのノコギリ。

火は無事に起きた。これでもかってほど時間がかかったし、手のひらは痛いし腕がぷるぷるする。二度とやりたくないので、この火は消さないようにしよう。体力と腕力が欲しい、いや、普通に家が欲しい。……なんとか動いているけど、思考能力は停滞中のようだ。現実逃避にはちょうどいいか。乾いた倒木を運んできて、焚《た》き火にくっつけておく。太いので燃えにくいけど、そのうち燻《くすぶ》り始めるだろう。これで火種は守られるはず。たぶんだけど。

大岩を背にして焚き火の様子を見る。風避《よ》けを作った方がいいかな？　日没が近い薄明かりの中、石を集めて、焚き火の周りに積む。

暗くなって動き回れなくなったところで、自分の居場所を整える。小石を取り除いて地面を平らにした。アルミのレジャーマットを敷いて、ウルトラダウンを着て転がり込む。

焚き火の枝はどれくらい保《も》つんだろう、朝まであれで足りるだろうか？　疲れていて食欲がない。下半身が寒いのでもそもそと起き出し、ブルーシートを取り出してかけて寝る。寝床にも風避けを作らないとダメなようだ。

明日にしよう。風呂に入りたいなあ。


――鳥の騒がしい声に起き出す。夢だった、なんてこともなく、引き続きどこかの山の中だった。火は消えかけていて、倒木と太めの薪《まき》が炭になってオレンジ色をしている。慌《あわ》てて枯草を乗せて風を送ると、パチパチと音を立てて火が復活した。小枝を焼《く》べて一安心。また枯れ木を集めてこないといけない。

水や茶はともかく、弁当はとっておいても悪くなってしまうので気にせず食べよう。今日はノコギリと飲み物だけを持って、昨日とは逆方向に行く。鉈《なた》にしておけばよかったと思いながら、小枝や固い草をノコギリで払いながら進む。なんでも切れる刃物が欲しい。

斜面を苦労して登ると、岩が露出して視界が開けていた。頂上から見た四方は海。島はいくつか見えるけれど、どこまでも続く陸は見えない。これは、例え船を手に入れたとしても脱出不能、というか、どこへ向かっていいかわからない系だ。頂上付近で呆然《ぼうぜん》としているうちに時が過ぎる。なんで俺がこんな目に遭《あ》ってるんだろう？　姉に付き合わされただけなのに。行きたくもない花火大会に出かけて、結局花火も見られず、ここにいる。

泣いてもなんの反応もなく、風が吹くだけだ。大声を上げてみても、何も返ってこない。叫び疲れて斜面を降りる。帰り道で乾いた枝を拾っていくのを忘れない。

なんで枝を拾ってるんだろうな、俺？　ああ、そうだ火を消さないためだ。考えるのが億劫《おっくう》だし、考えたら心が折れそうだ。何も考えずに火を保つことだけしよう。


長丁場になりそうなので、居住環境を整えることにする。まず、俺の腕くらいの木を数本切り倒した。杭を作って壁を作りたい場所に打ち込んで穴を開けては引っこ抜き、穴に俺の背丈くらいの木を2本並べて立てる。2本セットで4カ所に立てた柱の間に、なるべく同じ太さの木を挟み、横にして積み上げていき、壁を作る。途中、強度が心配になって柱を足した。本日はそれでおしまい。

焚き火に杉の葉を乗せると白い煙が立つ。虫除《よ》けになるし、木を切ったので煙が真っ直ぐに上がり、遠くから見えるはずだ。誰かが見つけてくれるかもしれない。

弁当を食べる。残り1つ。明日からの食事をどうしよう？　動物を獲《と》って料理をするのは無理だ。魚が現実的かな。川の浅瀬に石を置いて誘い込むとか？　あとは籠《かご》みたいな罠《わな》か。蔓《つる》は集めてきたけど、細い枝もたくさん必要だな。カロリーはコーラでしばらく保つけど、食べられないのを覚悟した方がよさそうだ。焚き火の明かりで少し作業をして寝る。

翌日は、やっぱり明け方の鳥の鳴き声で起きて、行動を始めた。

まず川に行って、浅瀬を選んで石を積む。入り口を広くして、泳いだ先が狭くなる袋小路だ。これ、狭くした出口に籠を置くと楽かな？

川を遡《さかのぼ》る。元気に動けるうちに水源を探しておきたい。下流の水も綺麗《きれい》だけど、やっぱり湧《わ》いているところの方が安心な気がする。川は歩いて渡れる深さと広さ。深みもあるけど、ちらちら魚影も見えるので、ちゃんと捕まえられれば食べられる。

途中、小さな滝と泳げるような淵を見つけた。緑に囲まれたそこはとても綺麗で、ちょっと現実逃避して、しばらく休憩がてら眺めた。水の流れる音、鳥のさえずり、梢《こずえ》の揺れる音、夜は虫の音。これで家に帰れるのが保証されていれば言うことないんだが。

見つけた水源は、水に洗われた砂からこんこんと湧き出ていた。ちょっと飲んでみる。冷たくてクセのない水だ。濾過《ろか》されているんで大丈夫だと思うけど、腹を壊すと困るので最初はちょっとだけ。煮沸《しゃふつ》するのがいいんだろうけど、鍋がない。水源から仮の住居まではぼ幸運なことに近かった。そんなに広い島ではないので、水場か魚の捕れそうな場所か、どちらかは必ず近くにある。小さな山がそのまま海に浮かんでいる感じなのだ。

戻る時に植物の蔓を集めて、今度は薪の調達。山の上の方に乾いた倒木が多く、下の方の木は川が近いせいか少し湿っている。あとで川の反対側がどうなっているか調べよう。

まずは拠点の整備と食料の確保だ。日が当たる場所にはオオバコやタンポポなど食べられる草が生えてるし、海藻もある。目指すタンパク質はやっぱり魚だよな。

魚は筒状の籠を作って仕掛けたら獲れた。海に沈めた籠には蟹《かに》もかかって、ちょっと嬉しい味の変化。コツは、捌《さば》いた魚のアラを餌《えさ》にして籠に放り込んでおくこと。蔓と細い枝で6つ作った籠は、分けて海と川に沈めた。海でも川でも、鱒《ます》っぽいのがよく獲れる。食べてから、そういえば毒のある蟹も魚もいるんだったと慌てた。どこかが痺《しび》れたり腹を壊すこともなく翌日も無事だったので、あとは気にせず食べている。

水といい食べ物といい、危険かどうかわかる知識があればいいんだけど。キノコがたくさん生えているけど、毒があるのかないのかさっぱりだ。

蟹や魚は警戒心がないのか、生息数が多いのか、思ったより簡単に捕まえられる。人が入らない場所でよかったと喜んでいいのか微妙なところだが。

将来を考えると不安だが、水と食料を確保できたら、ちょっと気分が上向いた。それからは快適に過ごせるように、暇があれば寝床を整えている。周囲に溝を掘ったが、風向きと雨の量によって水が染《し》みてくることがあるので、床の底上げをした。ただ底を上げるのではなく、なるべく平らで大きな石を運んで床下に空洞を作り、焚き火の煙が通るようにした。熱風が通って石を温める。少々寒くなったので頑張ってみた。

木を積み上げた壁の外側は、石と泥の壁で補強した。猪《いのしし》かウサギ、狐くらいだと思うけど、夜は獣の気配が濃くなる。どこに何がいるのかはっきりしないので、隙間風の防止も兼ねて寝床を頑丈にした。屋根と壁の一部にビニール袋を張る、木の枝や葉で全部を覆うとどうにも暗かったから、窓代わりに。

鍋的なものを作ろうと、木の皮から始めて素焼きの土器を自作した。平たいまな板状の石は、蟹を焼く時に活躍している。

そうこうしているうちに、山の上に雪が降った。冬に備えて干し魚と干し海藻を作ってるんだが、どうだろう？　少々自信がない。寒くなってきたせいか、魚が獲れにくくなっている。力強かった太陽の光が弱まっている。

海藻に海水をかけては乾かし——というか放置して、藻塩もどきも作った。まあ、海産物はもともと塩気があるのであまり使わないんだけど。塩ができる前に薄味に慣れちゃったし。薪を乾かす屋根付きの台も作ったし、生活が充実したと自画自賛《じがじさん》。着替えがないのは困るけど、河原に穴を掘って水を引き、焼けた石を放り込んで沸《わ》かす方法で風呂に時々入る。焼けた石を放り込む時に割れた破片が飛ぶので危ないんだけど、風呂には入りたい。

でもいつまで動けるだろう？　そろそろここにも雪が降ってきそうだ。

「きゃー！　ごめんなさい！」

突然、バレーボールくらいの大きさの光の玉が現れて、甲高《かんだか》い声を上げた。いきなりの非現実的な現象に、固まる俺。

「ごめんなさい、ごめんなさい！　巻き込んでるの気づかなくて！」

忙《せわ》しなく動き回る光の玉。

「なん……だ？」

人目がないのをいいことに、今まで山の中で吠えたりしていたのだが、言葉を紡《つむ》ごうとしたら声がかすれた。

「勇者召喚《ゆうしゃしょうかん》に巻き込みました！　ここは貴方の世界じゃないんです」

「帰せ！」

状況が飲み込めないまま、反射的に答える。ずっとずっと帰りたかったんだ。仕方がないだろう？

「ご、ごめんなさい！　できません。そもそも、あっちの世界で亡くなる直前の方をこちらに――って、いやあああああ！　あっちの世界の寿命があるううう!!」

理解しがたいことに、気づいたら俺は山の中にいたのだ。しかもここには、どうやらよくわからない生き物もいるようだ。

1章　素晴らしき我が家

騒がしい光の玉は、以前は神だった精霊らしい。自称だが。

勇者召喚を行って霊格《れいかく》が下がり、力の大部分を失い、この姿になったそうだ。

「召喚直後は存在さえ曖昧だったけど、力が戻るのが早いのよ」

と、自慢げに言う。

「勇者」と言っているけど、別の世界の生き物ならなんでもいいらしい。召喚の目的は、あっちの世界とこっちの世界を一瞬だけ繋《つな》げること。あっちの世界にこっちの神の力が注がれ、あっちの世界は「極端な物質化」による破滅を免《まぬが》れる。こっちの世界はあっちの生き物を得ることで、「極端な精神化」による崩壊を免れる。

物質化と精神化というのが全くわからないけど、それで両方の世界が安定するのだそうだ。

小さな生き物を呼ぶのでなく、寿命が残りわずかとはいえ人間をわざわざ選んでいるのは、はっきり言えば神々の欲だ。その人間にはこちらの世界の寿命と、あちらの世界で残っていた寿命の分の「スキル」と呼ばれる能力や道具《アイテム》が与えられる。道を作り、召喚に力を注いだ神が能力を生み出して、加護だか守護だかを与え、生み出したものが使われるたび、その神が強くなる。

こちらでは、精霊の中で力が強い者を神と呼ぶらしい。

道を通す際は危険が伴い、調整が細かすぎて、協力し合って道を作るのは無理だという。下手をすると存在が消えることもある難しい作業だが、その分、成功した暁《あかつき》には担当した神（精霊）に役得があるわけだ。しかし、世界の間に大きすぎる差が生まれるのは歓迎されず、こちらに喚《よ》べる勇者の条件は制限されている。人数は３人まで、死ぬ直前の人間。姉と友人の人数と合う。

俺も死ぬはずだった？

いや、さっきこいつは俺に「寿命がある」と言った。

「人界が騒がしいと思えば……」

突然現れたのは、黒髪の偉丈夫《いじょうふ》。

「ヴァ、ヴァン。な、内緒に」

「遅い」

光の玉に、偉丈夫は短く答えた。続いて、ローブ姿の老人。人形のように整った容姿の子供。冷たい印象の、女よりも綺麗な男。ショールを目深《まぶか》にかぶった鼻の大きな老婆《ろうば》。ふわふわとした印象の可愛らしい少女。金髪のゴージャスな美女。そして、仔犬。

次々と現れる者たち。

ずっと1人だったから、いきなりの増員に俺はちょっと呆然とした。喜んでいいのか、どう見ても人ではなさそうな面々に驚くべきか。感情と思考が渦巻いて、結局何もできない。

「これの処分はあとにして、この者の希望を聞くことにしよう」

「待って、お願い、事故なのよ！」

ローブの老人の言葉に、慌てている光の玉。処分されるのか。

「……！」

他の面々に何か訴えるかのように、小さな鳴き声がした。

「そうよ！　リシュが失敗して道に力が残ってたから、予定より範囲が広まっちゃったのよ！　私のせいじゃないわ！」

いや、お前のせいだろ。必死なのかもしれないけど、この光の玉は好きになれそうにない。

「あとにせよ」

冷たい印象の綺麗な男が、会話を切る。老婆が俺に聞いた。

「そうじゃ、異界の者よ。そなたは誰を選ぶ？」

「俺……？」

「帰ることは叶《かな》わぬゆえ、この世界での守護神を選ぶことになるのだ。普通は喚び出した者が力を贈り、守護するのだがな。俺はヴァン、力と火の属性だ。破壊と再生もあるか」

光の玉に冷たい視線を送り、偉丈夫が名乗る。

「私はルゥーディル。大地と静寂、魔法」

長髪で色白、冷たい印象の美形の男。

「儂《わし》はカダル。緑と魔法、秩序を司《つかさど》っておる」

整った長い髭《ひげ》を持つ老人。

「僕はイシュ。水と癒《いや》し」

陶器のように表情が動かない子供。

「私はパル。大地と実り」

ふくよかで鼻の大きな老婆。

「私はミシュト。光と風、あと恋と気まぐれ」

ふわふわと可愛らしい少女。

「私はハラルファ。光と愛と美。——リシュは今ほとんど力を失っておる、氷と闇じゃな。そなたに何かを差し出す力もなかろう」

仔犬を見ながら、ゴージャス美女が言う。

「消えちゃう寸前よね〜、前はあんなに自信満々だったのに！」

光の玉は黙れ。

「力……が重複してる？」

喉に詰まるような感じが薄れてきた。やっぱり叫ぶのと話すのとでは違うんだな。

「たくさんの者が生まれ出てて消える。ここに来たのが我らだっただけで、他にも力の強い者はおるのだ」

「人に神と呼ばれるまで、力を付けられるのは稀《まれ》だけどね～」

カダルとミシュトが教えてくれた。

「誰を選ぶ？」

ヴァンが再び聞いてくる。

「全員、は？」

「残った寿命の長さから言って、全員から力を贈っても足りないほどじゃが、打ち消しおうて逆に加護が弱まるぞ。親しく譲り合うような仲なら別じゃが、正直、我らは普段、お互いに会いもせぬ。そなたの得にはならぬ」

力を贈る、と言っているが、日本での俺の寿命を基準に力を作り出すのだ、普通に寿命がある俺はどんだけだ。

「あまり1人が強くなりすぎるのは……いけないんだろう？　どんな願いを聞いてくれるんですか？」

丁寧語に直した。俺のために集まってくれたわけじゃないんだろうけど、誰かと話せたことが嬉しくて。善悪関係なく、全員に無条件で好意を持った。ただし光の玉は除く。

「身体能力、魔法、魅了、金、望めばなんでもだな。だが、効果は与える者の強さや属性に左右される。俺が力強さを与えれば効果てきめんだが、魔力を与えても大して役に立たん」

「うん、同じ魅了でも、私が与えると恋になるね。パルのだと親しみだし、ハラルファだと好意に執着《しゅうちゃく》が付くかな？」

ヴァンとミシュトがわかりやすく説明してくれるのだが、その前に今の状況についていけてない俺。一生懸命、理解しようとはしてるんだけど、思考が滑る。

「この世界で何がしたいのか考え、必要な力を挙げてみよ」

カダルが助け舟を出してくれる。

「何がしたいか……」

ピンと来なかったので、この世界について聞いた。うすうす予想はしていたけど、精霊や魔物がいて、迷宮がある、剣と魔法の世界。一通りの身体能力の強化は、守護を決めると自動的にされるらしい。普通より強いなら、他の能力をもらった方がいいかな？

色々聞いた結果、俺からの条件を挙げた。姉と関わらないこと、快適に生活できること、望まない束縛をされないこと。次点で、世界を自由に見て回れる力。

「勇者《あれ》と関わりたくないと？」

主に話すのはカダルだった。「秩序を司る」と言っていたし、まとめ役なんだろう。光の玉も何か言ってるけどスルー。

「全力回避したい。あれは明るいし社交的だけど、人に罪悪感を植え付けて要求を通そうとするタイプなんだ」

ダブルスタンダードで、人を責めるわりに自分は直さなかったり動かなかったり。最初に気づいたのは、あまり美味《おい》しくないお菓子を叔母がくれた時。「せっかく叔母さんがくれたのに、食べないなんて酷《ひど》い」と姉は言った。食べない俺が悪い、叔母さんが悲しむと責めてきたのだが、叔母さんは俺1人にくれたわけじゃない。要するに、姉は自分が食べたくなかったので、俺に食わせようとした。「なら自分で食べれば？」で、あの時は黙らせることに成功した。

——だが、姉の誘導は、年を重ねるごとに巧妙になっていった。長く一緒にいるとわかるんだが、「人を動かして、自分は動かなくてもいい立場」を手に入れた人間は恐ろしい。

「えー、遥《はるか》は頑張ってるよ！　正義感強いし！　私が選んだんだし！」

光の玉がごちゃごちゃ言ってるが、他の人もほぼスルーしている。その正義を道具に、人を責めるタイプだちゅーとるのに。

光の玉にとっては、姉に活躍してもらわないと力が流れ込まないし、擁護《ようご》したいのだろう。

姉は保護された国で勇者の力と名声の恩恵を受けているようなので、どんな結果になろうと放置でいいだろう。案外、姉の周囲は疲弊しても、直接会わない国民とかは正義の大義名分を受けて、正しい治世に満足だったりするかもしれん。

そして俺は、色々なオススメを聞きつつ、欲しい力を挙げていった結果、【魔法の才能】、【武芸の才能】、【生産の才能】、【治癒】、【全料理】、【収納】、【転移】、【探索】、【鑑定】、【精神耐性】、【言語】、【解放】、【縁切】、【勇者殺し】の能力をもらうことになった。正直、最後の3つは姉関係だ。姉と関わりたくないと言ったら、極端なことに【勇者殺し】が付与された。

ちなみに、姉がこっちでもらった能力って、【全魔法】と【支配】だってさ。絶対、関わり合いたくない。「全なんとか」と「なんとかの才能」の違いは、前者はなんの経験も知識もなくても、この世界の書物に載っていれば使えてしまうもの、後者は見たり使ったりするうちに覚えていくもの。ただし身体能力が向上しているので、「なんとかの才能」だけでも大きな効果がある。【全料理】はあまり期待するなと言われたが、いいえ、日本で見たことのある料理をただちに作れるだけで破格《はかく》ですよ！

姉は魔法をばんばん使ってそうだな、危ないことこの上ない。

【言語】と【精神耐性】は、ほぼ必ず転移者に付けているものだそうだ。言葉が話せないと困るし、知らない世界に来た孤独対策として大事だ。必ず付けるものなら、来た時に自動で付けて欲しかったな、身体能力もだけど。まあ、魔物を殺して食べたり、人間同士の戦闘もある世界なので、【精神耐性】はきっとこれから活躍してくれるはず。

この世界のことをもう少し詳しく聞き、剣の稽古《けいこ》をヴァンにつけてもらい、魔法の練習をカダルとルゥーディルに見てもらった。イシュには癒しの力――と、能力を一通り、生きていくためにに使えるようにしてもらった。持ってるのと使えるのは違うのだ。「才能」持ちに、神々のお手本は素晴らしく参考になりました。が、使いどころがないような気も同時に……。

それから、アイテムももらった。大体なんでも斬ることができる『斬全剣《ざんぜんけん》』と、植物を成長させる『成長の粉』と、『安全で快適な家』。尽きることのない各種の『食料』。『食料』は素材だけだけど、【全料理】でどんな料理も美味しく作れるので、期待したい。

家の場所は、姉のいる国から離れた、平和で四季があり、気候も安定した国の田舎にした。ちょっと操作して、どの国にも属さず不可侵《ふかしん》な、俺の土地ってことになっている。俺から望まない限り、意識されない――注目されないし、入れない。素晴らしき我が家！

「ありがとう」

「こちらからも礼を言う」

秩序を司っているカダルが、ホッとした顔をしている。能力は相殺《そうさい》されるものがあるかもしれないけど、全員から選んだのは正解だったようだ。

「それにしても連れてこられたことへの文句もないとは……」

誰かが呟《つぶや》く。それは、俺がもともと脱走するつもりでいたからだ。18になって、車の免許を取ってから自由が増えた。免許も車も、取りたいというと絶対に理由もなく邪魔されるので、姉が俺に車を運転させたいと思う方向に誘導した。免許は身分証にもなる。姉の大学よりランクが落ちる、姉の好きな観光地のある県外の大学に受かった。両親は姉の気分次第で可否を決めて金を出すが、面倒な手続きなどは丸投げされるため、入学金をもらったら姿を隠して縁を切る気満々だった。

「家に付けた能力は保証するが、お前自身に付けた能力は、お前との相性や、我々同士の相性もあるので保証しかねる。十分気をつけるがいい」

ヴァンが最後に釘を刺してきた。これから『安全で快適な家』に転移される。転移後は俺の姿も、こっちの世界に馴染《なじ》むものに変えて欲しいと伝えてある。

俺は平和に！　快適に！　生活したい！

瞬《まばた》きすると、目の前には石造りの家があった。周囲を見回せば、眼下には緩やかな丘が続いている。黄緑から黄色に変わる綺麗な草原に、小さな森が散らばって見える。いくつか疎《まば》らにある家。その先には村か小さな街らしき、密集した建物群。

家は、丘陵を見渡せる小さな山に建っていた。はるか先まで見渡せる素晴らしい風景だ。山は広葉樹の豊かな森で覆われ、建物の周囲に幾重にも流れる小川が水車を動かしている。

とてもテンションの上がる風景！

もらった家は、小さな屋敷とか邸宅っぽい。俺のこっちでの身分は主人も従者も持たない自由騎士ということになっている。しかも領地持ち。もちろんこの土地のことで、領民はいない。

一応、納屋の2階に使用人が住めるようになっているが、雇う予定はない。1階は部屋が区切られ、搾油機《さくゆ》がある。地下にはなんかでかい壺《つぼ》が地面に埋まってる――と思ったら、オリーブオイルの貯蔵庫だった。もう一区画はチーズを作る場所と、同じく地下に貯蔵庫。周囲を巡《めぐ》る小川のお陰か、気温が低い。それにしても、初めて見たものでもわかる【鑑定】が便利だ。

納屋とくっついた家畜小屋もあるが、家畜はいず空っぽだ。鍛冶《かじ》をするための炉の付いた小屋もある。人を集めて納屋を住居にすれば、村としてやっていける？　その気はないけど。

水車は小麦とかを挽《ひ》くんだったか？　水車小屋付きの家って考えたことがなかったけど、食料庫の食材を業者に持ち込むと目立つので、水車があるのはありがたい。飛沫《ひまつ》を上げて流れる小川は見ているだけで涼しげだ。島よりも季節が戻ったようで、暖かいを通り越して暑い。まだ夏なのか。麓《ふもと》はさらに暑いのかな？

からりとした暑さだ。木が育つほどの雨量ではないため草原が広がっている。ただこの一帯は川が流れているので、小さいが森もあるし、麦もよく育つ。

俺の容姿と服装は、この世界に馴染むものに変わっているはずだ。手を眺めると、前よりも白いみたいだ。汚れてて黒いけど。あの着っぱなしの服から解放されて嬉しい。ずっと役に立ってくれていたノコギリなんかには未練があったが、あちらの世界の物を持ち込むのはあまりよくないというので、処分を任せた。こちらに馴染む分、力に上乗せされるらしい。

「さて行こうか」

腕に抱いたリシュに声をかけて、中に入る。犬が飼いたいと言って、もらってきた。くたびれて弱々しい、目の見えない仔犬。リシュは自分自身を俺に与えたことになる。与えることは守護すること、俺から流れる力でたぶん持ち直すんじゃないかな？

家は、この地方の一般的なものから外壁と屋根材を選んでいる。白すぎず、黒すぎず、灰色がかった薄い黄色、いわゆる砂色をした濃淡のある石壁だ。屋根はオレンジがかった茶色。窓に大きなガラスがはまっている。小川を張り巡らせ、水門を付けた治水は中世的だ。家の石畳の下には水が流れていて、中はひんやりと気持ちがいい。冬は水門を閉めないと底冷えするはめになるだろうけど、なんてったって暖炉《だんろ》があるからね。

中は白い漆喰《しっくい》の壁と、天井には焦げ茶の梁《はり》。床は明るい茶色の石が並び、大きなタイルが敷かれているように見えるが、だいぶ厚みのある石畳だ。大きな掃き出し窓の外にある棚の下まで、同じものが敷かれている、この棚は葡萄《ぶどう》棚にする予定だ。

部屋は、1階に台所と居間などがある。玄関ホールの右手の台所と繋がっているのは、おそらく家令の部屋だろう。左手には応接室が1つ。2階に寝室と書斎、客間が3つ。居間には寝室に上がる階段が、玄関ホールには客間に上がる階段があり、客に見せる表の部分とプライベートな部分が分かれている感じ。

ホール、広いよ、ホール、お金持ちっぽい。あとは食料庫、貯蔵庫がいくつか。地下の貯蔵庫には、玄関ホール側に明かり取りの窓がある。

寝室と客間はどれも風呂付きで、寝室の風呂は大きな窓を付けて明るくしてもらった。この家の最も反則なところは、水道と下水、食料庫と薪、トイレだ。普通は井戸や川から水瓶《みずがめ》に水を汲《く》まなくちゃならないところだが、蛇口を捻《ひね》れば水が出るし、風呂にお湯も出る。トイレも水洗、コンロや照明より水回りを選んだ。ガスコンロも電気もないが、薪置きの薪は常に補充されて減ることがない。薪集めの苦労はもうしたくない。

それに料理用の暖炉と窯《かま》を2つ付けてもらったし、この国にはないという、でかい中華鍋の丸いとこだけ乗ったような竃《かまど》も作ってもらった。鍋も置ける。

石窯は、なんかパンを繰り返し焼くとか一晩かけてゆっくり料理したい時用に、蓄熱効果が高いものが1つ。ピザや直火料理用に、火をずっと燃やせる断熱効果が高いものが1つ。

食料庫には食材が多数。たくさん使いそうなものと、こっちの世界にない、手に入れにくいものをチョイス……したつもりだが、結構な量になった。俺が食べたい料理を思い浮かべ、そこから材料を一覧にして助言を受けつつ取捨選択させてもらったんだけど、減らすのはなかなか難しかった。

正方形に区切られた棚には、米から始まって白菜、ジャガイモ、お茶の葉、味噌、醤油、麹《こうじ》菌《きん》各種。牛、豚、羊、鶏は、各部位が板に乗って並んでいる。桶の中に鮎《あゆ》が泳ぎ、秋刀魚《さんま》が群れ――泳いでいる魚が常にわかるように、桶の水面が動いている感じ？　日本に繋がってるわけじゃないはずだけど、どうやって桶の中にやって来るんだろ？

使っても減らない夢の食料庫だ。はっきり言って、この食料庫に一番力を入れてもらった。本当は【魔法の才能】ではなくて【全魔法】、【武芸の才能】ではなくて【全武芸】を勧められたのだが、俺は食と快適さを取った！　そうじゃないと魔法や武芸を楽に使える代わりに、味噌や醤油から作ることになってたし、食材も数が少なかったし。後悔はない！

清潔で、リネン類も整い、居心地のよさそうな家だ。俺の許可がなければ認識できず、入ることもできない。この敷地内で他人が俺を傷つけることはない、絶対安全な家。

この世界は、魔法があって、魔物がいる。移されてから月が3回巡る間は、こっちの世界を学ぶために保護されるんだそうだ。道理であの山の中で獣の気配がしたのに、一度も姿を見なかった。雪もやばかったけど、魔物もギリギリだったっぽい。

当然、敷地に魔物は入れない、ついでに害虫も。虫刺されがきつかった島の生活の反動で頼んだ。ここにいるのは、姿の見えない精霊と益虫《えきちゅう》、鳥や獣。獣の侵入は、あの人たちの助言で森まで許可した。姉たちと比べて俺は寿命がたっぷりあったが、そのわりにスキルが少ないのはこの家にたくさん使ったからだ。

俺自身は自分で成長できるっていうし、才能は付けてもらったし、普通の人よりははるかに強い、らしい。それでも万が一の姉対策に、鍛えようとは思うけど。強くなれば守護してくれた人たちも力を付けて、俺もさらに強くなれるみたいだし。何よりリシュを元気にしないと。

まあ、料理しまくるか、この家をもっと快適にするかでも力が上がるみたいなので、深く考えなくてもいいかな。とりあえず、姉と光の玉と、姉の友人2人とを【縁切】しとこう。よい人も悪い人も立場や状況で変わったりするので、なるべくこの能力は使わないつもりだが、この4人には使っても後悔がない。

どうぞ、俺のこれからの快適ライフに関わってきませんように。

タオルを敷いた籠にリシュを入れ、俺は早速風呂に入った。石鹸《せっけん》などの雑貨も最低限は揃《そろ》っている。これから好みのものを増やすことになるだろう。——水浴びしていたとはいえ、汚れた体はなかなか泡が立たない上、湯になんだかわからないものが浮いてきてげっそりする。おかしいな、容姿が変わっても汚れているのはそのままなのか。

湯上りはさっぱり。鏡を見たらなんか美形がいた。ヴァンとルゥーディル、イシュを合わせて割ったような……。黒髪と白い肌、紫紺《しこん》の目、均整のとれた体。あの中で若い男3人を参考にして容姿を決めたんだろう。どう見ても3人の息子です、ありがとうございました。

ゴージャス美女のハラルファと違って派手さはないし、男前なヴァンのお陰か、ルゥーディルほど凍《ここ》えそうな美形でも、イシュほど無機質な美しさでもないけど。黙っていても飯屋で増量してくれるくらいのサービスは受けられそうな容姿だ。

……こっちの一般的な容姿ってどうなってるんだろう。

水門を開いて水車に水を流し、米を搗《つ》いて白米に精米する。使い方は【鑑定】で。本当に詳細で助かる。出た糠《ぬか》はどうしようかな？　とっておいて、溜《た》まったら糠漬け作るか。

水車小屋には小さいけれど、ちゃんと搗くタイプと挽いて粉にするタイプの臼《うす》が並んでいた。他にも機械があり【鑑定】したら、「布の縮絨《しゅくじゅう》用」と「皮なめし用」だって。縮絨ってなんだか知らんし、食料関係じゃないので使い方が謎だ。使わない気がそこはかとする。

水車小屋は、水車の機構の大部分が地下にあって、下から臼を回すようになっている。地下といっても斜面に建っているので、反対側から入れば1階なんだが。石造りの壁と相まって不思議な感じ。ついでなのかなんなのか、パン焼き用の窯も付いててなかなか広い。2階は麦の保管場所だと思うのだが、こんな広さはいらないというかなんというか。食料庫と収納があるし、1人だし。そもそも水車があるのが変なのか。――あとで食料庫から小麦を持ってきて挽こう。小麦は3種類もあって何事かと思ったんだけど、どうやら薄力粉、強力粉、パスタ用。パスタ用だけ独立してて、びっくりだよ、デュラム小麦だって。

少々暑いが竈と窯に火を入れて、リシュに水をやる。基本、水だけでいいようだが肉も食えるらしい。今は弱っているので、元気になってから食べさせるように言われている。

精米した米を研《と》ぎ、鍋に入れて炊《た》く。キャベツを千切りにしてサーロインを焼く。組み合わせが変だとは思うが、あのサバイバルの最中に食いたかったのが炊きたてのご飯と肉、千切りキャベツだったのだからしょうがない。ついでに鍋に根菜類と骨付きのままぶつ切りにした鶏を放り込み、煮込み用の窯に入れる。これは次の食事の準備で、鍋は全部厚い鉄鍋だ。

それにしても、ずっと同じ魚と蟹だったんで肉の焼ける匂いが暴力的に感じる。やばい、よだれ垂《た》れる。

久しぶりに口にした肉は、涙が出るほど美味しかった！　塩胡椒《しおこしょう》だけだっていうのにやばいね！　あふれる肉汁と共に口中に広がる脂《あぶら》の甘み。しっかりした肉の味、そこに白いご飯。キャベツも柔らかいのにシャキシャキだ。

胃が小さくなってたのか、予想外に半分しか食べられなかったけど。【収納】して明日食べよう。【収納】は、時間経過がなくて、生きた動物以外は大体なんでも入れられる。

隣にリシュの籠と水の器を置き、真新しいシーツと清潔なベッドで眠る。まだ昼間だけれど、陽のあるうちに急いでしなくちゃいけないことは、今はない。気持ちいい――

◆◇◆◇◆

1週間ほど、ごろごろした。寝込んだ、と言った方が正しいかもしれない。【治癒】のお陰か打撲や擦《す》り傷はすぐに治って健康体だったはずなんだけど、どうにも起きられなかった。起き出したのは、飯を食う時だけ。鶏の煮込みを作っておいてよかった。

部屋の掃除とシーツ類の洗濯をして、今日はラーメンを作る――メインの素材を【鑑定】すると【全料理】が作動して、作れるもののレシピが浮かぶ便利設計だ。ただし、俺が見たことがあるもの前提なので、こっちの世界の料理を食べ歩きしたいところ。

鰹節《かつおぶし》はある。昆布は生なので干した方がいいのか、これ？　あ、小麦を挽かないとダメだ。結果、ご飯を炊いて、鯵《あじ》の塩焼きを食べている、漬物が欲しいところ。小麦はパンにも使うし、うどんにも使う。さっさと粉にしてしまいたいが、保存用の袋や容器がない。

お金は、姉が転移した国で与えられたのと同額をもらった。多いのか少ないのかわからないが、食と住に困っていないので他に回せる。今日は買い物に行こう。


もらった地図を眺めて、どこへ行くか考える。一番大きいのは王都で、次に大きいのは港のある都市と鉱山のある都市。金を稼ぐのと強くなるのにイチオシされてるのは、魔物の住む森に接した辺境の都市だ。

なら辺境の都市カヌムかな、オススメされてるし。自由騎士の身分をもらったけど、冒険者ギルドに登録した方が一時的な街の出入りでは楽だって聞いた。逆に国や都市から保証された身分がないと、ギルドの招集がかかっていない場所で長居はできないんだそうだ。

魔物が頻繁《ひんぱん》に出る場所は招集がかかりっ放しなので、魔物の森に近いカヌムには冒険者が溜まっている。行き先をカヌムに決めて、近くの森に【転移】した。身分証を見せてお金を払い、市門をくぐる。リシュは留守番だ。

都市と言われるわりに規模が小さい気がするが、都市と認められたところだけが市壁や市門を持てるんだそうな。魔物の襲撃を受ける場所だけあって、立派な市壁が周囲を覆っていた。他の都市だと簡単な書類を書かされるそうだが、ここは人の出入りも多く、何より冒険者も商人もできるだけ呼び込みたいためか、審査は甘い。少々柄が悪くても、襲ってくる魔物を倒せればいいということかな。

カヌムは雑多な街だった。冒険者と冒険者を相手に商売をする人、行商人。魔物の危険は大きいが、開拓した土地が自分のものになることに惹かれてやってきた農民たち。

市壁内の家は狭く、建物は上に向かって伸び、雑多な感じに拍車をかけている。対照的に外の麦畑は広々として清々《すがすが》しい。まあ反対側の森から魔物が出てきたら、一気にダメになってしまう可能性もあるみたいだけど。

魔物は、動物に悪い精霊が憑《つ》いたものだそうだ。普通の精霊が憑いた動物は聖獣と呼ばれる。人の言葉を話し始めると、神とか邪神と呼ばれる。まあ単に人間に都合がいいか悪いかの差だ。

買い物がてら街を歩いて、教えてもらったこの世界の知識と擦り合わせをする。

まず服装、俺の服は一般的だけど、全部が真新しいんでちょっと目立つ。あと多分容姿も。早々に古着屋で清潔そうなフード付きローブを買って、顔と服を隠す。ついでに小麦粉を入れる袋を売っている店を聞いた。食品を入れるので、こちらは新しいのを買おう。

シーツやタオルなどのリネン類は王都の店を覗《のぞ》いてからにしよう。ちょっとここのはごわごわしてるものが普通のようで、欲しいと思えない。あとは普通の剣と防具かな？

歩いた感じは、聞いていたのと同じだった。物の値段は高く、労働の対価というか、人件費が安い。場所によっては奴隷《どれい》も売買されている。作物は天候や魔物で収穫が左右され、なかなか安定しないのだそうだ。幸いなことに、いや選んだから当然なんだが、俺の家の周辺は気候が穏やかで収穫も安定し、奴隷の売買も禁止されている。

食器や農具を買った。庭は好きなものを植えられるようまっさらなままだ。店の壁に這った葡萄の蔓が綺麗な葉を付けていたので、心づけを渡して一枝もらった。

さて、武具を扱う店はどこだろ？　葡萄の枝をくれたおばさんに聞くと、心づけが効いたのかこの顔のせいか、評判がいい店を教えてくれた。武器屋、革の防具屋、金属製の防具屋だ。鍛冶屋も教えてくれたけど、剣ならなんでもいい俺じゃ、ちょっと申し訳ない。

武器屋に行って、片手でも両手でも扱えて、肉厚でよく斬れる剣を選んだ。よくファンタジー漫画に出てくるような剣だ、少し長いかな？　何本かちょっと片手と両手で振らせてもらって早々に決定した。バランスもいいし、振りやすかったことが理由だが、『斬全剣《ざんぜんけん》』以外、剣に触ったことがない俺が悩んでも無駄《むだ》だろう。

大きな剣の中には、重さで殴《なぐ》る使い方をするものもあるようだ。【鑑定】で見ながら店員の説明も聞いたんだけど、ちょっと俺に向いているのか判断がつかなかった。

　手入れ道具と帯剣用のベルトを付けてもらって剣をゲット。他にナイフ2本も。次は革防具屋だ。おばちゃん情報だと、金属の鎧《よろい》は夏場に死ぬそうだ。車のボンネットで目玉焼きが焼ける図を想像し、革鎧の一択《いったく》になった。胸当てを購入するつもりだったのだが動きづらいので、ちょっと高かったけど防御力が高い革の服を購入した。山羊《やぎ》の魔物の革らしい。革製品全般を扱っているようで、ブーツと手袋、鞄というか袋と、ウェストポーチというかベルトに袋が付いてるやつも。ナイフが付けられるベルトと革の手入れ道具も追加した。袋は円筒の端を結んでベルトを付けたやつで、開けばだいぶ大きくなる。中はつるつるして、動物の血も洗えば綺麗に落ちる。【収納】があるけど、怪しまれないように。

　傷薬と晒《さらし》、消毒用に酒を買って、準備は完了。怪我がたちどころに治る、いわゆるゲームでよくある「ポーション」が売っていたが、馬鹿高かった。とりあえず【鑑定】しておく。そうすれば材料を見つけた時に、【鑑定】を参考に作れるものも出てくるはずだ。

　今日買った服で、冒険者ギルドへ行こう、ただし明日。エプロンを買ったし、今日は粉挽きだ。昼を食べてみたいけど、腹を壊さないようにリサーチしてからだな。屋台を食べ歩きしたくて【鑑定】すると、結構な確率でソーセージにボツリヌス菌さんがですね……。【治癒】はあるけど遠慮したい。

宿をとって【転移】し、家に戻る。居間から外に出た場所の棚に葡萄を植える。『成長の粉』をひとつまみかけると、あっという間に根づき、蔓を伸ばして葉が茂る。季節柄まだ実はならないけど、綺麗な葡萄棚ができた。

昼を食べて、午後は粉挽き。脱穀《だっこく》して石臼の上の漏斗《ろうと》みたいなのに入れると、ちょっとずつごりごりと動く石臼に落ちて、粉になる。粉はやはり漏斗状になってる受けから下に落ち、先にセットされた粉袋に入る。量的にあふれることもないので、あとは水車に任せて森を散策してみることにした。

山の中の森はブナやカシが多いが、栗、リンゴや洋なし、アプリコットなどの木も点在している。【鑑定】すると、どんぐりは豚に食べさせよとか、この木の下にキノコが生えやすいとか、周囲の枝を払ってもう少し日差しを入れよとか、食べ物関係のことは詳細にわかる。

森の中を歩いていくと、栗のイガや枯れ葉が濡れた地面に茶色く敷きつめられている。赤いスモモが鈴なりで、なんか日本のとは違う平べったい桃もなっていた。スモモは食べてみたら酸っぱいのでジャムにするかな。桃はほの甘く、なかなか美味しいのでよさそうなのを【収納】する。

家の周辺はなだらかだけれど、山に入ると結構な勾配で、下と上でだいぶ気温が違う。島よりまだ暖かいけど。小麦も挽けたし、色々収穫してきた。

夕食は、幅広の生パスタにたっぷりのゴルゴンゾーラチーズ。チーズが幅広のパスタによく絡む。冷めて固まらないうちに食べる。溶けたチーズの濃厚さとほどよい塩気が美味しい。

デザートに昼間の平たい桃を食べたら、日本産のものが食べたくなった。皮を剥《む》くだけでふつっと甘い果汁が小さな玉を作ってあふれる。だいぶ幸せ。

リシュも早く肉を食べられるといいんだけど。ワインを飲んでみようかな？　20歳になってないけど。こっちの飲酒解禁は何歳なんだろう？　大学は残念だったけど、思いがけず衣食住が保証された生活が手に入って浮かれている。しばらくは1人と自由を満喫して、やりたいことをやって、したくないことはしないことにしよう。

俺を害する者はいないはずだが、一応、窓に鉄の格子があるので閉めておく。風呂を済ませてベッドに入る、寝具が宿よりはるかにいい。

リシュがこっちを見上げてくる。

「少し回復したか？　よかった」

籠からほぼ動かないし、相変わらず目は開かないようだが、目の周りの涙やけがなくなってきた。軽く頭を撫《な》でて眠りにつく。

翌日は、朝っぱらから冒険者ギルドへ向かった。登録は、お金を払うか、ギルドの依頼を一度無償《むしょう》でこなすかだそうだ。手っ取り早くお金を支払う。ギルドの中は窓が少なく、薄暗い。

なんで酒場が併設されてるんだろう？　体を使う仕事で命がかかってて、酔っ払いって、最悪じゃないだろうか。それとも仕事終わりの打ち上げで飲むのか？

冒険者用のタグが出来上がるまで暇を潰《つぶ》さなきゃならないのだが、朝っぱらから酔っ払いに混じりたくない。幸いなことに酒場だけでなく資料室もあったので、職員に断って資料を読んだ。とりあえず、「魔の森」の資料から。地形や魔物の出やすい場所、倒し方、何に利用されるのか。戦いの歴史は斜め読み。

「で？　冒険者の基礎を学びたいって？　あと護衛の依頼か」

「ええ。一通りの手順と、あとは自分がどの程度かわからないので助言をいただければ」

冒険者の手引きを読んでいたら、男が1人来た。戦うなんて初めてだし、自分がどの程度できるかも謎だ。依頼は誰でも出せるというので、お手本になるような安全なパーティーに付き添いを頼む依頼をギルドに来てすぐに出したのだ。変な顔されたけど。

それで来たのは1人だった。俺には人の良し悪しを見抜く目がないので、自選で来られても困るのだが。なんというか今までの生活環境のせいで、基本、全員敵に見える。

「俺はディーン、ランクは銀の2つ星だ。強制依頼で後進の指導を5人しなくちゃならなくてな。あんたが最後の1人だ」

品行方正なパーティーを紹介されるのかと思ったら、教官が来た。一応自選ではない様子？

20代後半だろうか？　ガタイのいい兄ちゃんだ。

冒険者のランクは、青銅・銅・鉄・銀・金。青銅、銅、鉄はそれぞれ5つの星でレベル分けされ、銀と金には3つの星があり、金の3つ星が最高ランクなんだって。

「自分はジーン、1日よろしく」

迅《じん》が本名だが、ちょっとこちら風に名乗った。目の前のディーンの名前に慌てて、伸ばしてみたというか。お陰でちょっと似た名前になってしまった。

「ちょっと、ディーン！　勝手に選ばないで頂戴《ちょうだい》」

銀の2つ星なんて破格だと思っていたら、ギルド職員が来た。

「うるせえな。貴族の相手なんかごめんだって言ったろ！　俺を利用するんじゃねぇよ」

慌てた様子でやってきた職員を、ディーンが睨む。どうやらギルドとしては、ディーンに貴族のお守りをさせたかったようだ。ここのギルド、貴族を優遇するのか、面倒そうだ。

「いらんゴタゴタに巻き込まれるのはご免なんだが」

「すまん、ちょっと待ってくれ、今、片付ける」

そう謝って、ディーンがまたギルド職員に向き直る。チラチラこっちを見てくる職員。俺と同じか少し上に見えるが、仕草は子供っぽい。金髪と赤毛の混じったストロベリーブロンドよりもピンク色の髪が、肩のあたりまでで緩く巻かれている。

「明日にはクリスが帰る。奴ならギルドの強制依頼じゃなくても、貴族なら喜んで相手をする。相手の指名は銀ランクなだけで、俺じゃないだろ？」

「そうだけど、あんまりクリスだけに偏《かたよ》ると、貴族とやり取りする窓口が固定されちゃうわ」

「俺は窓口になんかならねぇっての。冒険者に頼らないでギルドでやれ、ギルドで」

「そうしたいから1人に固定したくないの。今ここに銀ランクは2人しかいないんだから、ちょっとは協力して欲しいな」

とりなして欲しいのか、アヒルみたいに口を尖《とが》らせつつ、こっちをチラチラ見てくる。

俺、もう帰っていいかな？

「アミル、よしなさい。兄妹だからって甘えすぎです」

「カイナさん！」

「カイナ、助かった」

「ディーンが甘やかした結果ですね。後進の教育を断っても構いませんが、ギルドが挙げた候補から選ぶものですよ。――みっともないところを見せて、申し訳ありません」

カイナと呼ばれたギルド職員が、俺に頭を下げてくる。なるほど、やたら馴《な》れ馴れしいと思ったら年の離れた兄妹か。どっちにしろアウト。兄妹というと、拒絶反応がですね……。

「いや、いい。こっちも依頼を取り下げる」

「ありがとうございます！」

何を勘違いしたのか、アミルが礼を言ってくる。

「代わりに、よさそうなパーティーに声をかけておきますね」

どうやらディーンへの依頼を取り下げる、と思っている様子。アミルを無視して、「依頼を取り下げておいてくれ」と、カイナさんの方を見て俺はもう一度言った。

ギルドへの依頼は、成立してもしなくても手数料がかかり、返金がない。依頼の取り下げは口頭でもよかったはずだ。貴族も面倒だけど、姉だとか妹だとかがどうも地雷《じらい》だ。普通に仲のいい兄弟姉妹もいるんだろうけど、今はまだ冷静に見ることができない。

「おい」

「大変ご迷惑をおかけしました。依頼料はお戻しいたします」

ディーンの言葉にかぶせて、カイナさんがもう一度謝罪してくる。

「いい。代わりにこれをもらっていいか？」

手に持った冒険者の手引きを上げてみせる。これは依頼料よりは安い。「はい」というカイナさんの返事を聞き、何か言いたそうなディーンとアミルをスルーしてギルドを出る。

兄妹まとめて、記憶の忘却《ぼうきゃく》ボックスに突っ込んで終了する。こっちでは人間関係を我慢しないぞ！　しがらみないし！　自由満喫中なのだ。ちょっとカイナさんには悪い気がしたけど。

『【縁切】は使わないの？』

ギルドを出て、門の方に向かう途中、ミシュトが突然、肩の上から覗き込んできた。

「ミシュト」

悲鳴を上げなかった俺、えらい。

『しっ。私の姿は今、迅にしか見えません』

俺の唇に人差し指を軽く当ててから、空中でくるりと回って得意げに言うミシュト。

『話すのは、私を意識して思うだけでいいの。守護してる他の精霊の時もね』

『考えてることが筒抜け？』

『ううん、意識して考えることだけよ』

立ち止まっているのも変なのでゆっくり歩き出すと、ミシュトもふわふわとついてくる。

『それはよかった』

『ふふ、エッチなこと考えてもいいよ？』

『しません』

思考が漏《も》れるとわかってわざわざ考えるって、どんな変態だ。

『【縁切】は一度使うと歯止めが利かなくなりそうで。姉関係には遠慮なく使うつもりだけど』

『うん、いいと思うよ。使うと私たちも強くなって結果的に能力が上がるけど、【縁切】は対象を広げすぎると効果が弱まるから』

『弱まるんだ？』

『だって、1人【縁切】したら、その周りの人が迅の話題を出さないように気を逸らしたりするものよ？　何人にも影響を与えるから効果が足りなくなっていくの』

『なるほど、1人増やすと、周囲の人が丸ごとついてくるのか』

『うん。使ってもいいけど覚えておいて？』

『ありがとう』

『ふふ』

ミシュトが白い裾《すそ》を翻《ひるがえ》して、くるりと回って姿を消した。能力があるのに使わなかった俺の行動に興味を持ったのと、忠告しに来てくれたのとの半々かな？

さて、護衛はいないけど森へ行こう。冒険者の手引きによれば、森に入る手前からウサギの魔物が出るはずだ。ツノありとツノなし。魔物は全部ツノがあるが、弱い魔物はツノが小さくて豆粒ぐらいしかないので、ツノなしや生成《なまなり》と呼ばれる。ツノなしなら、今の俺の装備でも死ぬことはないっぽいので、やってみよう。

門番に鑑札《かんさつ》――冒険者タグを見せて、外に出た。しばらくは踏み固められた黄土色の土だったが、すぐに草が混じり始め、30分も歩いたところで草原に変わった。

一面の薄い緑に、黄色い花がところどころ咲いている。膝《ひざ》ほどもある草はウサギを隠してしまう。【探索】があるんでわかるんだけどな。

1つ目の気配、普通のウサギ。2つ目の気配、普通のウサギ。3つ目の気配、普通のウサギ。

……さすが大人向け雑誌のロゴマーク。繁殖《はんしょく》力が強い。ウサギ穴に気をつけて先に進む。森に近い場所で、ようやくツノなしを見つけた。魔物化するとツノが生え、目の周りが黒く変色して、攻撃手段の部位が強化されるらしい。ウサギのツノなしは、群れでなければ成人男性なら勝てるそうだ。こちらの成人は15歳だ。

当初の予定と違って同行者がいないので、『斬全剣』を使うことにした。ウサギの魔物もこっちに気づいたようだ。逃げずに向かってくるところが普通のウサギと違う。周囲にウサギ穴がないことを確かめて、踏み込む。ウサギの動きはちゃんと見えるし、額にある突起のような小さなツノを確認することもできた。

剣を振り下ろしておしまい。個体差があるとはいえ、ウサギの魔物なら大丈夫そうだ。

森の浅い場所に入ると、普通のウサギの方が少ない。さすが魔の森。ツノウサギもちょっと力が強いくらいで、ツノなしと違わない程度。まあ、あの脚力から来る頭突きを食らったら間違いなくツノが刺さるので、食らった場所によっては致命傷になるだろう。

とりあえず剣を振る練習を兼ねて、ツノウサギを見つけては倒していく。なんでも斬れるので、ただ真っ直ぐ振り下ろすだけだが。ツノに当たろうが頭蓋骨が固かろうが関係ない。

……これ、普通の剣での戦い方も慣れておいた方がいいかな？　簡単すぎて不安になってきた。

……。普通の剣でも一緒だった。俺の腕力がおかしいのか、こっちの動物の骨が柔らかいのか。冒険者の手引きを読む限り、ウサギが特別柔らかいということもないだろう。勇者と同等の能力強化が付いているはずなので、そのせいだな。それにしても、剣の扱いが本当にこれでいいのか不安になる、ちょっと誰か、剣を振るっているところを見せてくれないだろうか。

ウサギを売り払いたいが、冒険者ギルドは面倒そうだし、商業ギルドに行ってみるか。一応木に吊《つ》るして血抜きはしたんだけど、どうだろう。うん、【精神耐性】はちゃんと仕事をしているようだ。島にいる時は、自分で処理するのは魚が限界だと思っていた。パック詰めの肉を買って食うことに慣れて、命を奪っている自覚があまりなかったな、という感想だ。ウサギ《これ》も魔物という免罪符《めんざいふ》付きだ。

倒すことに夢中になって昼食を忘れていたが、ちょっと今は食べる気になれない。相手が向かってくるからか、倒すこと自体は平気だったんだけど、吊るすのがきつかったようだ。

背中に背負っていた袋を伸ばして、ウサギを入れる。結構な量だがなんとかなった。サンタクロースより酷いことになってる気がするが、気にしない方向だ。力持ちだな、俺。島にいる時もこうだったら、ずっと楽だったのに。


門番に驚かれながら街に入り、商業ギルドに向かった。冒険者ギルドで買い取りを頼まないなら直接売るしかないが、それには商い用の鑑札がいる。商い用の鑑札はなかなか手に入れられないもの——だから、冒険者ギルドを通しましょう、と冒険者の手引きには書いてあるが、俺は普通の身分証を持っている。

「すみません、狩った魔物の売買で商い用の鑑札が欲しいのですが、手続きはどうしたら？」

訪ねた商業ギルドは、冒険者ギルドよりも明るくて机が多い。書類仕事のためかな？

「身分証はお持ちでしょうか？」

「ええ」

自由騎士の身分証を見せる。

「はい、ありがとうございます。魔物の売買は、場合によっては冒険者ギルドの方が高値になる場合があります。ご承知おきください」

「はい」

「魔物の売買とのことですが、店舗を持つお気持ちはありますか？」

商業ギルドの職員の質問に答えてチェック表が出来上がると、書類が作られる。

「鑑札は少しお時間をいただきますので――そちらは売り物でしょうか？」

「はい、ウサギのツノありとツノなしです」

「このままギルドに卸《おろ》されますか？　それとも、それぞれ販売先をご紹介しますか？」

ギルドに卸せば、毎回手数料を取られるが面倒がない。売買先の紹介は、一度だけ紹介料がかかるがあとは自由交渉だ。ただし、皮や肉、ツノの部位ごとに店が違う。

「ギルドに卸させてください」

「はい、ではこちらを持って、隣の建物の10番の窓口で査定《さてい》を受けてください」

とても事務的だけど、それがいい。受付の人が書いてくれたのは、鑑札がなくても査定の受付をしてくれる、鑑札代わりの証明書だ。こういう融通《ゆうずう》が利くのはいいよね。

隣は倉庫になっていて、アーチ状の入り口が大きく開いていた。中に入り、10番のカウンターで袋ごと渡した。10番は解体されていない魔物の査定所だった、あっという間に後ろの台にウサギが出され、吊るされ、解体されてゆく。

魔物は稀に、死んだ時に心臓に精霊が残り、宝石になることがある。なので、見えるところで解体するらしい。「魔石」と呼ばれるその宝石は高価なので、倒した時に獲物を持ちきれなかった場合も、魔石だけは確認した方がいいと手引きに載っていた。

今回、魔石はなかったが、毛皮の状態がいいと褒《ほ》められた。どうやったら頭を正確に一撃できるんだ？　とか聞かれた。やっぱり俺は普通ではないんだな。

鑑札を受け取ってからの支払いになるので、また書類を作ってもらって、ギルドのカウンターに戻る。袋はサービスなのか、綺麗に洗って拭いてくれたらしい。

書類と鑑札を取得し、ウサギの料金をもらって終了。鑑札は青銅でできていて丸いコイン型をし、紐《ひも》を通す穴が開いている。書類は家に保管し、コインは持ち歩いて見せる。街に店舗を構えて商売するには、鉄以上のコインが必要で、その街の鍛治ギルドやパン屋ギルドといった職業ギルドに所属しないといけないらしい。身分証も同じで原本とは別に写しがあり、領主館などで金を払って作ってもらう。間違いないという証《あかし》に、家紋の印が押される。

俺の場合は、自分で押して発行できるという微妙なことになっている。家紋は盾の中に狼《おおかみ》と翼の意匠だ。狼はリシュで、安全な家と自由の象徴。リシュは犬だけど、まあそこはね？

青銅は、店舗を持たず、仕入れて売る行商用のコインだ。例外はあるが、商品の運搬に馬車を使うことも許されていない。基本、住民が狩りの獲物や薬草を売ったりする用。金属のランクは冒険者ギルドと一緒だが、星は自分で作った物を売る人にしか付かない。職人としての腕の良し悪しを評価する印なのだそうだ。

ちなみに冒険者ギルドの鑑札は、ドッグタグみたいなものが3枚で書類はない。冒険者たちが大雑把《おおざっぱ》であちこち移動するのもあるが、正式な身分証ではないからだ。冒険者ギルドの信用で成り立っている保証で、ギルドの影響力が弱い街では門前払いされることもある。

3枚のうち1枚はギルドに保管し、2枚は自分で持つ。どこかで死んだら、持っていたうちの1枚を、見つけた人がギルドに届けてくれるのだそうだ。


さて、夜が更《ふ》けて店が閉まる前に、食べ歩きをしよう。

門前の広場から1本入った道には、朝から日が落ちるまで露店《ろてん》が出ている。サラミやチーズを売る店、なぜか鈴を売っている店、古着屋、金物屋、鍋の穴を直す継屋《つぎや》など、安価な品物を扱う様々な店が並んでいる。

食べ物屋は、パンにソーセージと玉ねぎ、ザワークラウトを挟んでくれるところが多い。あとは固めのパンを薄切りにして、チーズやハムを乗せたもの。パンだけ積み上げられた店や、ブラッドソーセージ、ナッツ類、干しリンゴ。麦から作ったらしい酒が売っているが、ビールとは呼べないもの。どっちかというと甘酒？　ちょっと麦の粒が残ってる。

ソーセージやチーズを扱うところが多くて、次にハム。ソーセージはボツリヌス菌が【鑑定】に引っかかってくるが、よく焼いてくれるところならば大丈夫なようだ。詳細に見ると大腸菌とか色々出る。てきめんに体を壊すものが簡易な鑑定で出て、便利。

中くらいのソーセージが2本で銅貨1枚に小銅貨1枚。丸い大きめのパン2つも近い値段。

【鑑定】に引っかからないところを選んで、ソーセージを1つ食べてみた。ちょっと脂っぽいかな？　どうもこう、カロリーを摂《と》ることが優先みたいな雰囲気をひしひしと感じる。干した果物も各種食べてみたけど、酸っぱい、砂糖で煮てお菓子の材料にするか、肉と一緒に煮るのがいいかもしれない。

高かったけど、黒砂糖も売っていた。型に入れて固めた大きな塊を、叩いて割って売ってくれるようだ。塩も同じく、湿気で固まっているやつを砕いて売っている。量を計るのは天秤に分銅と、レトロでいい感じ。まあ、レトロと思うのは俺だけで、ここでは普段使いなんだろうけど。ちょっと身なりのいい家族の子供が、黒砂糖を買ってもらっている。

人だかりができていたので寄ってみたら、豚の丸焼きがでんっと据《す》えてあって、削《そ》ぎ落としてはパンに挟んで売っていた。これは当たり！　パンは残念な感じだったけど。豚の丸焼きか〜、選択肢になかったな。食料庫のものは部位ごとでお願いしちゃったけど、豚の半身の枝肉とかの方がよかっただろうか？　いや、毎回捌くの面倒だし、豚は改めて手に入れよう。森のどんぐりが餌にオススメみたいだし。

色々食べたいけど、やっぱり胃が小さくなっていた。

家に戻ろうとして、この時間に街を出入りする人がほとんどいないことに気づいた。というか、門はすでに閉まって、でかい閂《かんぬき》がしてあった。

仕方がないので素泊まりの宿に戻って、家に【転移】した。明日は面倒でもまた行って、街から出る手続きをしよう。いや魔物を狩ったら、売るためにまた街に行くことになるのか。

明日の予定はどうするかな。一応、ウサギ以外も狩ってみるか。ちょっと奥に行かないと見つからないだろう。奥に行くほど、探さなくても見つかる状態になるっぽいけど。

出るのは狼、熊、猪、狐、狸《たぬき》、猿など。——狸って昔のヨーロッパにはいないはずなので、やっぱりちょっと違う世界のようだ。髪の色がカラフルだったり魔物がいる時点で、違うのはわかってるけど。森に一番多いのは、「小鬼《こおに》」と呼ばれる猿の魔物らしい。単体では弱いが、道具を使うし、群れるし、繁殖力も強い。

ただ小鬼は、肉も毛皮もイマイチで金にならない。冒険者ギルドの方なら、常時討伐《とうばつ》依頼が出ていてツノを持っていけば金が出るんだが。襲った人間の装備を使ったり、金目のものを巣に運び込む習性があるので、全く儲《もう》けがないわけでもないそうだけど。

【転移】もあるし、森の奥に入れるだけ入ってみようか。そう決めて風呂に入って寝る。すっかり早寝早起きだ。一通り済んだら、王都に行って本でも買おう。

リシュを撫でて眠りにつく。早朝に起きることが気持ちよくなってきた。眠っているリシュを撫でて、無駄と知りつつも【治癒】をかける。【治癒】には、放っておいても自分の怪我や病気がよくなる効果があるが、積極的に治すこともできる。少々気力を使うみたいだけど。

リシュの状態は怪我でも病気でもなく、ただただ力を失い、存在そのものが薄くなっていることから来るものだ。【治癒】は効かないと最初に聞いていたが、なんとなくかけてみている。何度もかけるようなことはしないけど、本当になんとなく。


起き抜けに牛乳を飲んで、朝飯の準備をした。ご飯に味噌汁、鮭の塩焼き――やっぱり糠漬けを作ろう。リシュの水を替えて、出かける用意はできた。

宿に【転移】して、門を出て、人目のない場所から森の端に【転移】する。すぐに【探索】をしながら森に入った。

森の浅い場所は、普通のウサギやツノウサギばかりだ。そういえばウサギは、肉も毛皮もツノありが高く売れる。そのせいで、普通のウサギは魔物化するのを期待して放置らしい。

あ、この世界には、ちゃんとドラゴンやら一角獣やらもいる。それらもやはり動物だから魔物化するみたいだ。まあ、魔物化してもしなくても脅威な気がするが、今現在、川の対岸にいる熊だって、一般人には十分脅威だろう。この気配は熊――、と。この系統で強い気配のを探せばいいのか？　ウサギはともかく、魔の森と言われるほどには魔物と会わない。わらわら出るというのはもっと奥なのかな？

下草や枝を払いながら進む。『斬全剣』便利！　島の山中より格段に歩きやすい。体力強化がされているせいか、疲れない。夏だというのに、クリーム色のキノコが朽《く》ちた木から折り重なるようにして生えている。【鑑定】すると、美味しいキノコとのこと、当然採取。ついでにそばにあった緑の綺麗な草を【鑑定】すると、ポーションの材料になる薬草だった、これも採取。

魔物はいるが、森自体は豊かだ。赤、黒、黄色のラズベリー、酸っぱいスグリ、ちょっとえぐみがあるグミ。家にすぐ帰れること、十分休養がとれていること、荷物が【収納】できること。心の余裕のお陰か、森歩きも楽しい。

狸とハクビシンのツノありと遭遇《そうぐう》したが、問題なく進む。積極的に人を襲うタイプの獣じゃないし。――熊の気配。ツノありかなしかはわからないけど、さっきの熊より強い気配だ。とりあえず魔法を当てて、効かなかったら【転移】で逃げよう。気配の元へ向かう。

「ウィンドスラッシュ！」

この世界で魔法は、魔力に自分の属性を纏《まと》わせて使う。どんな魔法を使いたいかをイメージして、必要な属性を引き出す。日本でやってたゲームのお陰でイメージはしやすいし、属性を引き出す方法もわかりやすく教えてもらっていた。ゲームのようなレベル概念はないみたいだけど、魔物を倒すと、魔物に憑いていた精霊の力の残滓《ざんし》が流れ込んで強くなれる。ただし、精霊の性格や属性から影響を受けるので、弱い精神のままで倒すことばかりしていると、自身が魔物化することがあるそうな。

俺には【精神耐性】があるので、関係ないけどな。額にツノのある熊の姿を目視したところで魔法を放った。身体強化と共に全属性が付くらしい。守護を受けたヴァンの火、ルゥーディルの大地と静寂、パルの大地、カダルの緑——植物、イシュの水と回復、ミシュトの光と風、ハラルファの光、そしてリシュの氷と闇も強化される。結果——

すぱっと行きました。よしよし、いいね。次は剣でやってみよう。

剣でも問題なく倒すことができ、順調に森を進んだ。魔法を使える人は珍しいらしいし、人と遭遇しそうな場所では剣を使う方向で行こう。

悩みは、倒した敵をどうするかだ。一応、今は【収納】してあるが、商業ギルドに出す時は1匹が限界だろう。熊の魔物は、内臓が滋養強壮《じようきようそう》の薬になる。皮は防具の素材としていい値がつく、肉もそこそこ。小出しに売るしかないかな。

街を出たり入ったり。宿屋にいちいちチェックインするのが面倒になってきた。簡単に帰れるのをいいことに、適当に歩いていたら湧き水を見つけた。こぽこぽと流れ出ているが、すぐに地面に吸い込まれて消えてしまっているので、大きさ的には水たまり程度。とても澄んだ水と、その水で長い間洗われた砂が綺麗だ。周囲に苔《こけ》が広がって、なかなかいい風景。

よし、そろそろ熊を売って帰ろう。っと、その前に、ツノありの熊を1匹取り出して、袋を開いて入れる。入り切らないのだが、これはどうしたら……。まあいいか、はみ出してても。

森の端まで【転移】して、あとは歩いて街へ行った。

「あんた、顔に似合わずすごいというか、大雑把だな」

なんか門番さんに呆れた顔をされたけど、入り切らないんだからしょうがないだろう。――ちょっと背中に括《くく》りつけた袋から、熊の足が飛び出して「スケキヨ」してるだけだ。

「あんた、その格好で来たのか？」

次に商業ギルドの買取窓口に直行したら、そこでも言われた。

「スパッとやった断面を晒して歩くよりは、いいかと思ったんですが……」

頭と胴体は綺麗に分かれているのだ。

「すまんが、こっちで降ろしてくれないか？」

窓口の人に頼まれて、カウンターの後ろの作業場に熊を降ろす。

「おお、こりゃいい。皮が全部利用できる。あんた、力持ちなだけじゃなく腕もいいな。ちと四半刻《しはんとき》待ってくれ」

３人がかりで吊り下げられ、熊が解体されていく。半刻は約1時間、四半刻は30分だ。

「ところでポーションの作り方って、どこかで教えてもらえるんですか？」

「うん？　ポーションなら隣の本部でもレシピを扱ってるぞ。薬師ギルド、いや魔法薬は錬金《れんきん》の方かな？　個々のギルドや個人でしか扱わねぇのもあるが、広めたい知識は大体商業ギルドにも委託されてる」

おっと、そんな便利なシステムがあるのか。

「ちょっと隣に行ってきます。査定は全部売る方向で」

預かり証をもらって早速隣に行く。用件を告げ、案内された窓口に向かう。

「すみません、ポーションのレシピを買いたいのですが。あと、購入できるレシピの一覧などがありましたら、いただけませんか？」

ポーションのレシピをゲット。一覧はもらえなかった。紙2、3枚を想像してたら、束だった。宮廷料理からレンガの焼成方法まで、使い道はなかなか多岐にわたっていた。特許というわけではなく、本当に料理のレシピみたいな扱いっぽい。レシピは簡単だった。薬草、祝福された水、魔力を注げる製作者。薬草は取ってきたし、家の水でよさそう……？　初級ポーション以外のレシピは、錬金ギルドで扱っているそうだ。熊の代金を受け取ったら行ってみよう。

怪我を治す回復魔法も使えるし、それよりも万能な病気を治す【治癒】も使える。だが魔物を狩るからには、身体能力が高いことを隠し切るのは難しいのでオープンにして、怪我はポーションで治している風を装いたい。ポーションは高く売れそうだしな。

この世界、物理的に強い者は結構いる。物理的な力を司る精霊は、自分の力を見せたくて祝福を授けることが多いのだそうだ。魔法を使える者は物理的に強い者よりも少なく、魔力が弱かったり、攻撃型ではない者もいるので、実戦に出られる者はもっと少ない。攻撃魔法を使えない魔力持ちが、錬金術師になるのだそうだ。ただ、魔法が使えるからといって、ぶっ放すのは得意でも魔力の操作は苦手という者も多いらしいので、魔法使いが錬金もできるとは限らない。

さて俺はどうだろうな？　【生産の才能】があるし、大丈夫だと思うけど。

「おう、魔石あったぜ。一応見とくか？」

解体場所に戻ったら、声をかけられた。初魔石！

ピンポン球くらいのを想像していたが、予想に反して小さかった。姉の指輪に付いてた石より小さい――姉は見栄っ張りだから、指輪やネックレスに付いてた石は大きめだった。

小指の先ほどもない、赤色の宝石を手に乗せて眺める。

「レッドスピネルだな。スピネルは赤いほど価値が高い、おめでとう」

「ありがとう？」

いまいち価値がわからないまま、礼を言う。大暴れする系の魔物に付いた精霊は、赤系の宝石に結晶化することが多いのだそうだ。強ければ強いほど色が濃くなる。魔石も宝石として扱われるが、ただの宝石と違って魔力を帯びている。薬の材料になったり、魔法に使うそうだ。普通にアクセサリーにして見せびらかすことも多い。婚約指輪は小さくても魔石だそうだ。

「これも買い取りでいいのか？　この大きさと色なら、火の魔法の強いのが使えるだろ？」

「ああ、買い取りで構わない」

魔石がなくても、俺は魔法が使えるし。

懐《ふところ》も潤《うるお》ったし、早速ポーションの道具を揃えて帰る。魔物との戦いが多い街だけあって、需要が多いんだろう。道具はすぐ揃った。熊1匹分したけど。

ポーション作りは、日本人の器用さを発揮して余裕だった。【生産の才能】ももらってるし、できなかったらへこむところ。

うーむ、調剤《ちょうざい》用の部屋が欲しいな。ちょっと薬草の匂いが気になる。

2章　王都見物

　また朝を迎えて、王都の正門のそばに【転移】。

【転移】先の条件は、障害物がないこと、危険な場所ではないこと、人目がないこと。【転移】した先が壁の中や水の上とかじゃ困るので、指定した場所の付近で、条件をクリアしたところに転移することになっている。

　今日の目的は、王都見物と布類の調達だ。できれば本屋があると嬉しいけど、とりあえず片っ端から付近を【鑑定】しておく。

　王都は岩山を背負っている。裾野に広がる緩やかな勾配《こうばい》に王都が築かれ、岩山に張りつくように貴族の邸宅というか城塞《じょうさい》の一部のような建物が建ち、そのさらに上に王城がある。

　民家の屋根はオレンジがかった色で、壁は岩山と同系色。岩山に張りついている邸宅に屋根があるものは珍しく、上は回廊になっているのか、壁が高々と立ち上がっている。

　なお、何かやらかしてしまった時のために、お隣の国の王都に来た。こっちの一般常識には自信がないから。

　城壁と塔のある正門から王都に入る。商業ギルドのコインを見せて、通行料を払う。コインを作る時に身分証を確認されているので、コインの登録番号の確認だけで済むはずだ。

冒険者ギルドのタグの方は、銀以上ならともかく、鉄は審査があり、銅は保証人がいないと入場は難しいらしい。冒険者は実績で信用を得るけれど、駆け出しにはそれがないからだ。

並んでる間に、1人が塔の中に連れていかれた。何か問題があったんだろうか。

「王都は初めてなんですが、案内図か、案内してくれる人はいますか？」

「簡単な案内図はこれだ。主に買い物なら、商業ギルドに行けば案内してもらえるよ、乗せられて色々買わされるかもしれんがね。真っ直ぐ行った先の広場で、うろついてる子供に手間賃をやれば案内してくれるが、当たり外れがあるな」

案内図の代金を払い、釣りを心づけとして渡すと、「広場の井戸のそばに青灰色《せいかいしょく》の髪をしたレオンというのがいたら、頼んでみろ」と勧められた。


街に入ると、アーチ状の入り口の店が左右に並んでいた。広いと想像していたが、カヌムよりもむしろ通路は狭い。建物同士が繋がっているようで、道は日陰になって、ちょっと暗い。

秋だというのに日差しがきつかったので、ちょうどいいのかもしれない。日本の感覚から言うと日当たりはいい方がいいんだけど、日陰に入って快適だ。どんな店があるのか、失礼にならない程度に中を覗きつつ、緩やかな坂道を歩く。言われた通りに真っ直ぐ進むと、急に視界が開けて明るい広場に出た。

対面には鐘楼《しょうろう》を持つ教会のような建物が、日差しを浴びて白く輝いている。広場の中央に噴水——ではなく井戸がある。

青灰色の髪はすぐ見つかった、なぜならそこだけ人が他にいないから。子供だと思ってたんだけど、青年だ。青灰色違いかな？

「すみません、レオンさんですか？」

「ああ、そうだが」

顔を上げた青年が頷《うなず》いたが、すごい強面《こわもて》。見事な縦ジワが眉間に鎮座した半眼の青年だ。広場がそこそこ賑《にぎ》やかなのに、井戸の周りだけ人がいない理由がわかった。お顔が怖いです。

「街の案内をしてくれると、衛兵さんに聞いて来たんですが……」

何かの間違いか？　話しかけちゃいかん人種な気がしてきた。衛兵さんに騙《だま》されて、人買い……よりも目つきが悪いな、殺人鬼の元に送られた気分なんだが。

「衛兵に？」

ちょっとピンと来ないっぽい。

「いえ、人違いかもしれませんから」

「いや、何かの縁だ。ちょうど時間も空いている、案内しよう」

見かけによらず親切だった。

「えー、ではこの街で見ておくべきところ、服屋と布団屋、食器、食事処でお勧めはありますか？」

布類や食については、カヌムよりも王都の方がいいと思うのだがどうだろう？　井戸端から立ち上がったレオンに、ざっくりした希望を伝えた。迫力からデカイ男かと思ったが、そうでもなかった。俺と同じくらい？　なお俺はこれからも伸びる予定だ。伸びるったら伸びる。実際、一人暮らしで気持ちが解放されたのか、転移後の短期間でも伸びた、もう少し伸びて欲しい。日本でも平均だったけど、こっちでも平均身長にされたっぽい。いや、ヴァン、ルゥーディル、イシュの平均か。こっちの成人男性より3、4センチ低い気がする。

「この街で見るべき場所といえば、城塞の上からの風景だな。ただし一般人は入れない」

……。「見たことのある貴方は、一般人じゃないんですね」とか、「入れないとこを勧めるなよ」とか、どっちに突っ込めばいいのか。

「食事には早かろう、服屋には王都でそれなりに有名な店に知人がいる」

お勧めは、城塞の上からの風景一択だったのだろうか？　まあいいか。歩き始めた男についていく。俺が興味を示すと足を止めて簡潔に説明してくれるので、案内としては悪くない。

「そういえば、広場にあった大きな建物は何ですか？」

「大きいというと『精霊の枝』のことだろう。精霊が好むよう、中庭には草木が植えられ、綺麗な水を常時流している美しい場所だ」

ああ、こっちは精霊が信仰されているのだったか。それはともかく――

「む、すまん。そういうところを案内するべきだった」

「帰りに寄ってみます。ところでなぜこの街は、家と家の壁がくっついているのですか？」

少ししゅんとしたレオンに、別な話題を振る。喋《しゃべ》りすぎない人は嫌いじゃない、ただ観光案内に向かないだけで。

「ああ、城壁内の土地が限られているのもあるが、道に面した家の幅で税金がかかる。壁を共有して折半《せっぱん》するのが普通だ」

税金は他にどんなものがあるのか聞いたら、市民税みたいなものに、通行税、市場税、贅沢《ぜいたく》品扱いなのか、ガラス窓税など。なるほど、下の民家にはガラス窓が少ない。

「住むだけでも税金がきつそうですね。出入りごとに金もかかるし」

「そうでもない、王都の住人は滅多に外に出ない。城塞都市のような場所とは少し違う」

ああ、入ってくる人から多く取るのか。むしろ田舎の方が、賦役《ふえき》や農作物の現物納付に加えて、水車小屋、パン焼き窯、葡萄圧搾《あっさく》機などが領主の持ち物で、使用するだけで金がかかると知った。厳しいところでは、石臼の所有が見つかると没収や罰金がある。農民が領地から逃げてしまうと国の経済が上がったりなので、生かさず殺さずというところか。

どうやら都市の者には甘く、旅人や農民にはきつい国のようだ。

色々聞いているうちに服屋についた。なんか観光案内とはちょっと違うけど、レオンの話はためになった。旅行中にこの国で馬車のトラブルが起きたら、土地に触れたとして全て領主の没収になることもあるとか怖すぎだろう。――ところで、服屋に服がないのだが。

「アーデルハイド様」

少し慌てて、恰幅《かっぷく》のいい男が出てきた。

「テイム、久しいな。今日はこちらの御仁《ごじん》に……」

「アーデルハイド様、まずはこちらへ」

有無を言わさず個室に連行されたのだが、俺の普段着で座って大丈夫だろうかという調度品の数々、すかさず差し出されるお茶。

「私は店主のテイム・カーと申します、先ほどは失礼いたしました」

「ジーンです」

少し落ち着いたのか、俺にも丁寧な挨拶《あいさつ》を寄越す。

「アーデルハイド様、心配いたしました」

「うむ、すまんな。だが、積もる話はあとにして、まずは客人の服を頼む」

また何か俺に関係ない話が進むのかと思ったが、レオンによってバッサリ軌道修正《きどうしゅうせい》された。店主は一度俯《うつむ》いたあと背筋を伸ばして顔を上げ、人を呼び俺の希望を聞くように言いつけた。

――布から選ぶフルオーダーの店じゃねぇか、ここ！！！

今さら断りづらく、大人しく採寸されながら希望を尋《たず》ねられる俺。レオンと店主の話も気になるけど、初めての経験でそれどころではない。ボタンの種類なんか拘《こだわ》ったことがない！　こっちの世界の流行っぽい服にするかと、採寸する人にお勧めを聞いたら、フリル付きを挙げられたので歩み寄り終了。シャツ、ズボンと上着、寝間着をなるべくシンプルに！　と念押しして2着ずつと、他に下着類と冬用のコートを注文した。高かったが、金はまだある。王宮にいるという姉の服の代金を考えたら、男の服なんて安いものだ。今のところバカ高い武器・防具を買う予定もないし、欲しいものを揃えても姉ほど金はかからない自信がある。

出来上がりは1週間後だそうだ。布やレースを取り寄せて凝った刺繍《ししゅう》をすると、時間がかかるとのこと。人によっては染める段階から拘ると聞いてげんなりした。なお、鮮明なものは貴族の色だそうで、庶民《しょみん》は少しくすんだ色や薄い色を着る暗黙の了解があるそうだ。金がかかるので、鮮やかに染められないのもあるのだろう。冒険者は名前を売ってなんぼなので目立つ色をあえて着ることもあり、それは認められているそうだ。

面倒なのでシャツは白、上着とズボンは黒とチャコールグレーにした。三つ揃えの刺繍付きみたいなデザインになってるけど、スーツっぽいのでまあよしとする。だから、膝丈のズボンとかボタンで留める靴下とか、勧めてくるな！　普通は出来上がったら家に配達してツケ払いなんだが、俺の家はこの街から遠い。10日後に金を持って、もう1回来ることにした。

「お嬢様！」

紅茶のお代わりを飲みながら世間話をしつつ、刺繍の見本を見せられているところに、初老の男が飛び込んできた。

「ノート」

「お嬢様、ご無事で！」

黒いスーツ、白髪、片眼鏡《モノクル》、銀の懐中時計。執事か、執事なのか？　普段からきっちりしてそうな男がレオン目掛けて一直線。またツッコミどころが満載な感じなのだが、とりあえず。

「お嬢様？」

「このノートは、私の幼い頃から我が家……いやアーデルハイド家の執事を務めているのだ。しかしどうしたのだ？　なぜここに？」

律儀に俺に説明してから、執事に問うレオン。いや、一番気になるのはそこじゃない。

「申し訳ございません、私の一存で連絡させていただきました」

店主が頭を下げる。

「テイムが謝ることはないよ、適切な判断だ。――君、追っ手がかかってるよ？」

ドアからメイドに案内されて、涼しい顔で入ってきた赤毛の女性が爆弾発言をした。追っ手がかかってるような人が、なんで悠長《ゆうちょう》に街案内なんかしてるんだよ。

「家から放逐《ほうちく》されたのは確かだが、お尋ね者になるような行為をした覚えはない」

「知ってるよ、君はいつでも清廉だ。だが弟君は、君が生きていると不安で仕方ないらしい。あの小狡《こずる》い男は不当に君を追い落としただけじゃなく、もう1つ罪をでっち上げたのさ」

お家騒動勃発《ぼっぱつ》中らしい。だからなんで、そんな奴が井戸端にいたんだよ！　あとちょっと
「お嬢様」発言も、誰か追及しろ！

「ゆっくりしていないで、早く街を出ろ。手はずは整えてある」

「私に逃げる理由はない」

「お嬢様、戦略的撤退でございます」

「む……」

笑顔で告げる執事に促され、考え始めるレオン。コントだろうか。

「ジーン様、巻き込んで申し訳ありませんでした。お代は結構ですので、このことはご内密に」

「喋る相手もいない」

そっとテイムが囁《ささや》いてきたのに、短く答える。というか、俺が井戸で声をかけて自分で巻き込まれたのであって、テイムのせいではない。

「ああもう、今は急ぐんだ。大人しく馬車に乗りたまえ！」

ゴスッと、女性がレオンの腹に一発入れた。

「うっ……」

体を二つに折るように、自分の腹を抱き込むレオン。あれ？　強そうなのに弱い？　赤毛の女性は詰《つ》め襟《えり》で、軍服っぽい格好にブーツ。腰には剣を帯びている騎士っぽい人だけど。

「リリス様、お嬢さまはお怪我を」

「あ、わるい……」

慌てて介抱しようとするノート。本当だ、シャツの腹のあたりに血が染みてきている。さっきの一発で傷が開いたらしい。

「って、なぜポーションを使わない!?」

女性がツッコミを入れたが、確かに。

「お嬢様が、アーデルハイド家を離れたからには、家の財産は一切使わないと」

「「……」」

大丈夫なんですか、この人。というか、すぐに傷口が開くような怪我をしてるのに、なんで街の案内なんか買って出てるんだろう。

「……」

俺はポーションを1つ鞄から取り出して、無言で渡した。

「お？　ありがとう。えー、君は？」

「ジーンだ」

丁寧語を使う気はもうない。リリスからポーションを受け取った執事が、レオンに飲ませる。

体内の魔力と結びつくと効率がいいため、ポーションは飲ませた方が効果は高い。

「助かった。私はディーバランド家のリリスだ。これをやる、困ったことがあったら訪ねてきてくれ。もっとも私がレオンと親しいのは知られている。私の身辺も煩《うるさ》くなるから、しばらく近づかない方がいいだろうがな」

指から抜いた指輪を渡された。家を訪ねる時に見せろ、ってことかな？

「一応、受け取っとく、でも俺は王都在住じゃないしな。今日の昼を食う場所でも紹介してくれ。あとお嬢様というのは？」

なんとなく美味《うま》い店を知ってそうな女性に聞きつつ、最大の疑問を口にする。

「昼か。酒を出す夜の店以外、疎《うと》くてな」

「でしたらロマーノへ」

考え込む女性に代わって、執事が教えてくれた。うん、で？　お嬢様は？

「女だぞ。レオンの本名は、アーデルハイド・ル・レオラ。まあ、胸もないし強面だし、そこらの男より断然強いので男と思ってる奴らの方が多くて、レオンと呼ばれているな」

「……」

説明されても、納得行いかないけどね！「ル」が付く家名は公爵家だって。「ラ」は王家、「リ」は筆頭公爵家。公爵家は以前3つだったけど、現在は2つ。ラリルレロかよ。

隣はシーツやタオルの店だそうで、店主のテイムに紹介状を書いてもらって移動した。お家騒動には関わらないぞ。この店は大丈夫なのか、と店主に聞いたら、レオンは貴族受けがよくないし、子供は顔を見て泣くけど、庶民には人気なので大丈夫とのこと。広場からこの店までに目撃された情報は、流出しないだろう、と言う。

隣のファブリック屋では特に事件もなく、シーツ類を数枚と客室用のベッドカバーを購入した。客室は当面使う予定がないので、ベッドにかけておくつもりだ。あとはタオルを大量に仕入れた。リシュも使うしな。宿に配達すると言うのを断り、店を出る。【探索】で人気のない場所を選んで、品物を【収納】した。さて本屋、いや、飯だな。

案内図に丸を付けてもらった、執事お勧めの店に行く。レンガがアーチを描く天井、漆喰の壁、手入れの行き届いた机と椅子、床。なかなかよさそうだ。少々待たされて、席に着く。

「お勧めはどれですか？」

「牛の煮たのだよ」

料理名がわからないことを察したのか、素材と調理法で答えられた。

「ではそれと水を」

「パンは付けるかい？」

「お願いします」

腹が減ってるし、黒板に書かれた料理名を見てもピンと来なかったので、即決。すぐにカートがガラガラと来て、テーブルの脇に止まる。銀の盆の上に玉ねぎやニンジンと一緒に茹《ゆ》でられた俺の顔くらいの肉塊と、どこの部位かわからんものもごろっと乗っている。カートの上で豪快《ごうかい》に切り分け、肉汁のソースをかけて出してくれる。別の店員がパンと水を持ってきてくれた。周囲を見れば、確かに同じ料理を食べている人が多い。パンの乗った皿にはさらに小皿が3つ並んでおり、中のソースを肉に付けて味を変えつつ食べているようだ。早速俺も食べる。

おおっ、肉がしっとり柔らかいし臭くない。どこの部位だかわからんものはぷるんとして、こちらも美味しい。【鑑定】は結果が内臓系とか出そうなので、あえてしない。パンは俺の好みから言うと少々パサついていたが、肉料理のソースを付けて食べると問題なく美味しかった。

満足して店を出る。執事チョイスなんで羊料理かと思ったのは内緒だ。今日は途中バタバタしたが、当初の目標は概《おおむ》ね叶えられたし、得た情報はそれ以上だ。紹介がないと買い物が難しそうな店も2つ確保できたし。あの怖い顔の青年——じゃないお嬢様？　がどうなったのかわからないけど、無事なのを祈っておこう。聞かれたことには律儀に答えてくれ、ちょっと優先順位がずれてる気がしたが、いい人だった。

本は自由に見られるのかと思ったら、店員が希望を聞き、出して見せてくれる方式だった。最初に見せてもらった本には、開いてすぐ目に入るところに「盗んだり破損したら、呪う！」という一言が書かれていた。アナテマという呪いらしい。

「ちょっと前まではもっと希少で、本は宝の類《たぐい》だったんですよ」

呪いが書かれた本が結構あるけど、海賊が宝の島の洞窟《どうくつ》に書く文言のようなものだから気にしないで欲しい、とのこと。

「実際に呪いの効力が発揮されるものもありますが、私どもの店で正規にご購入いただければ発動しませんので、ご安心を」

微妙に安心できない。本屋では、建築と魔法薬関連の本を購入した。歴史の本も欲しかったが、無茶苦茶《むちゃくちゃ》高いので諦《あきら》めた。好きなだけ買うのは、さすがに躊躇《ちゅうちょ》するお値段だ。本を買ったら白手袋が付いてきた、読む時に使えということだね。

品質はよくないが、紙は出回っている。紙も羊皮紙も、ぺら1枚のままで置いておくと、書いたことが1年で綺麗さっぱり消えてしまうらしい。「精霊のいたずら」と言われている。長期保存は本の形で綴《つづ》るしかなく、羊皮紙は手順と加工が簡単だが、紙の本は難しいらしい。

作者直筆のオリジナル本には「精霊が宿る」と言われ、本を愛し愛されると、精霊が内容を持ち主に強く与えるのだそうだ。宿った精霊の力が強ければ、写本もその力を持つ。

本屋の店員曰く、「ちゃんとした本」には価値がある。最初はピンと来なかったが、「本が魔法書ならば魔法が使えるようになる」と言われて納得した。そりゃ高くもなるわ。


王都を出て家に帰る。ああ、王都で『精霊の枝』に寄るのを忘れた。

リシュの様子を確認して、夕食の準備。準備といっても野菜と肉を壺に入れて、暖炉の火に寄せておくだけだ。2、3時間も経てばとても美味しくなる。出来上がるまで、窓のそばに椅子を持っていって読書をする。蝋燭《ろうそく》の明かりは暗いので、陽のあるうちに読まないと。幸いというか、この国は日没の時間がだいぶ遅くて、夜が短い。この時期は8時頃まで陽がある。

納屋を1軒、調剤部屋に改築したいんだけど。理想を言えば、この家に部屋を増設したい。

ああ、でも耐震をあまり考えなくていいから多少楽なのか？　改築の前にランプを作るべきじゃなかろうか？　燃料用のアルコールはないけど、菜種油は食料庫にある。ガラスか綺麗に磨《みが》いた金属に火を反射させれば、蝋燭よりは明るくなる、かな？

「明かりを」

試しに呟いてみたら、魔法の淡い明かりが浮いた。うん、いざとなったらこれもありだな。いざとならなくてもありだけど、ランプも欲しい。この家に越してきた時は、料理くらいしかする気がしなかったはずなんだけど。まあ、便利になるのはいいことだ。

◆◇◆◇◆

数カ月はツノありの熊を新たに狩ったふりをして納品したり、錬金ギルドを見学させてもらったり、農家を訪ねて、具体的に何をどう使っているのかを手伝いながら覚えたりした。

農家のディノッツォ家と仲良くなった。家畜の飼い方を教えてもらったり、チーズを作る工程を見せてもらったり。納屋の建て替えも手伝った。力持ちだし【生産の才能】も働いて、邪魔にはならなかったはず。俺のために豚を1頭潰し、ローストして振る舞ってくれたので、お礼に壺に詰め替えたワインと、王都で買って食べ切れなかったクッキーを贈ったら喜ばれた。クッキーは子供用に贈ったつもりだったが、ここでは甘いものが滅多に食べられないらしく大人も喜んでいた。街までそうちょくちょく買い物に行けないだろうからね。次は冬の保存食作りで忙しくなるらしい。また手伝いに来よう。

あちこち訪ねる合間に、増築用の資材を集めた。木材も買いたいんだけど、目立つか。あまり行かない街で調達してこよう。ガラスと鉄も安いものを見かけたら買い溜める。海から遠いここでは、珪砂《けいしゃ》やらのガラスの原材料を入手するより、割れたガラス瓶を買う方が早かった。

冬が来る前に、快適に引きこもれるようにしたい。冬の間は天気がぐずつくと聞いている。あの島で冬が近づいた時と比べたら気楽で、楽しくて仕方がない感じだけど。

ああ、引きこもってる時にやることも考えておこう。

森の中にある国に転移して、大工の手伝いもやった。無給でいいという俺を初めは胡散《うさん》臭そうに見ていた大工たちだったが、直接教えてくれなくとも、大事な作業をゆっくりやって見せてくれたり、昼の大鍋に呼んでくれたりして仲良くなれたと思う。酒を勧められて、正月の屠《と》蘇《そ》以外で初めて飲んだ。初めて飲むと言ったら笑われた。贅沢品なのかと思ったら、酒も保存食扱いのカロリー源としてよく飲まれてるみたい。高いのは蒸留《じょうりゅう》酒で、ワインはピンキリ。

この国では木材を買い集め、【収納】に溜め込んだ。色々なことを手伝いつつ、あちこちを見て回る。コルクもゲット。上と下で幹の色が違う木が並んでいてびっくりしたが、下の赤茶色の部分は木の皮を剥《は》いだあとだった。木の皮がコルクになるそうで、その名もコルク樫という。面白いので苗を何本か購入した。素朴な人々は顔を出すと「よく来た」と言われ、裕福ではないのにもてなそうとしてくれる。それでいて踏み込んでこない。俺には大変心地いい。

空はぐずつくことが多くなり、雨が降るたび気温が下がる。リシュと秋の山を歩いてキノコを採る。糸杉の倒木に生えているヤマドリタケは固く締まったキノコで、とても美味しい。リシュは目も開いて、毛並みもよくなり、ころころした仔犬になった。駆けると速さに足がついていかず、すぐに転がって、俺のそばに戻ってくる。そしてまた走っていって、の繰り返し。まだ眠っている時間の方が多いが、確実に回復してきている。いいことだ。

島で見た真っ赤な傘のキノコも生えていた。絶対毒キノコだと思いつつ【鑑定】したら、大変美味！　という結果。なんとも言えない気分になった。

農家の冬支度を手伝い、豚を解体して塩漬け肉やハム、ベーコンを作ったり、チーズを作ったり、野菜や果物を瓶詰めにした。俺も準備万端だ。冬越しの食料のことじゃなく、家を建てる方だが。納屋の2階にある味も素っ気もない使用人部屋を俺好みに改装し、自信をつけたところで、台所の東北方向に調剤小屋を建て増すことを決めた。薬を作るには水道が遠いと不便だし、雨の日も濡れずに行きたかったので場所の選択肢がここしかなかった。

石を敷き詰めた場所に、鍛冶小屋で加工した柱を組んでゆく。外観を揃えて、葡萄棚の二方を囲むような感じになった。6畳ほどのスペースに、引き戸で分けて陽が射さないようにした薬や素材の保管部屋と、明るい作業部屋を作った。保管は【収納】があるけど、雰囲気は大事だろう。作業部屋の窓は鎧戸《よろいど》を閉めて暗くすることもできる。鎧戸は板が動かせるルーバーにしてみた。閉めても風通しは確保して、匂いがこもらないようにしないと。

さて、作業場もできたし、薬草を仕入れてこよう。カヌムに家を借りるか迷っている。毎回宿を取るのが面倒だし。新参者は城塞都市の中に家は買えず、賃貸になる。住んで5年だか10年だか問題を起こさずに、何か功績を上げればようやく買えるんだったかな？　功績の中には街への寄付も含まれる、確かそんな説明だった。

カヌムに住めば、正門以外も使えるようになるし、出入り口が1カ所じゃなくなるのは嬉しい。熊とポーションを商業ギルドに卸して目立ってしまったらしく、冒険者ギルドのピンク頭から、絡まれはしないものの、なんか観察されてるっぽくって気持ちが悪いのだ。俺は宿に宿泊中のはずなので、見られているとよさげな皿とか苗木とか、家用の道具を購入しづらい。

商業ギルドに相談して、賃貸の仲介さんを紹介してもらった。俺の条件は、住人同士の面倒がないことと、人が勝手に入ってこないこと。ちょっと不思議がられたが、ピンク頭のことを例に出して納得してもらった。「顔がいいと大変ですな」だって。

で、紹介されたのが、路地の奥にある新築の一軒家。間口は4メートルあるかないかで、他の家より狭い。1階に扉が2つあり、大きい方を開けるとすぐに作業場がある。井戸のある中庭を挟んで、炉のある台所に行ける。小さい方の扉を開けると階段があり、2階と3階は居間と寝室で、地下は貯蔵庫になっている。こちらの世界では、家は古いほどいいとされている。住み心地がいいように住人が改修していくからだ。この一軒家は新築だから、今は棚もなく床にも壁にも隙間があるという、日本では考えられない状態。部屋の賃貸でいいかと思ったが、部屋だと大家が同じ家に住んでいて、世話を焼いて起こしに来たりするそうなので大却下。

作業場でポーションを作るってことにもしているので、まあいいかな、と。好きに改造していいらしいし、料金は月々金貨3枚くらいで、ポーション2本分だ。

家の構造は、奥に細長い鰻《うなぎ》の寝床だ。他の家と違って左右の壁を共有していず、石壁で中は狭い。市壁を支えるための補強としてあとから建てられた家だった。数年前に魔物の襲撃を受け、その時は耐えたがその後風雨に晒されて崩れ、補強したそうで、微妙らしい。襲撃の記憶が新しい場所なのだ。これ以上安いところは治安があまりよろしくなく、酔っ払いや泥棒が侵入するとか。

俺には家があり、人が入ってこなければカヌムの住環境はどうでもいいので、ここで即決した。ざっくりした間取りをくれたので、おかしくない程度に改造していこう。床と壁をなんとかしたら扉を付け替えて、作業場らしく棚を付けるくらいかな。住処を作るのはとても楽しい。

家の改造に夢中になってたら、魔の森でも積もるほどではないけど雪が降った。

薬草は常緑で、緑が少なくなる秋以降の方が見つけやすい。肉食系の魔物が浅い森に出てくる時期でもある。まあ行くんだが。

「あのっ！」

森に行くのに便利な脇の門から出ようとして、ピンク頭に呼び止められた。

「何か？」

「寒くなると森は危ないです！」

「ありがとう、承知の上です」

「無理しないでください！　お金よりも命が大切です」

上目遣いに見上げ、ローブを掴《つか》もうとしてきたピンク頭の手を避ける俺。我ながら氷点下の声と顔で答えていると思うのだが。

「無理はしていませんので、お構いなく」

「でも……っ」

なんでへこたれないんだろう？　まだ何か言いたそうなのをスルーして、門をくぐる。森に一番近いのは裏門だが、有事の際のための門で、普段は固く閉じられている。ギルドランクが金なら1人でも開けてもらえるみたいだけど。鑑札は増えたが、俺は正門と他の門2つから出入りできるようになった。行きは直接転移でもいいかと思ってたけど、まあ地道に行こう。

ピンク頭もそのうち飽きるだろう。しばらく歩くと、なんだか見たことのある男がいた。なるほど、ピンク頭の出勤に合わせて兄の方も出てきたのか。今回は待ち伏せしていたわけじゃなかったらしい。仲のいい兄妹だな。森に入ったら木陰で湧き水の場所まで【転移】するつもりだったが、今日は大人しく歩くか。

「失礼」

俺の方が歩くのが早かったので、声をかけて追い越す。

「あ、あんた、あん時の」

ピンク兄に気づかれた。まあ、覚えやすい顔をしているからしょうがない。俺の方も1回しか会っていないけど、顔立ちはともかくデカイから、ピンク兄を覚えてたし。

「悪かった！　そんで俺が頼むのもあれだけど、冒険者ギルドにも顔出してくんねぇかな、カイナが上に責められてんだよ」

「なぜカイナさんが？」

勢いよく頭を下げられたが、話の内容に疑問が1つ。

「優秀な冒険者を、商業ギルドにとられたって」

「原因は、あんたとあんたの妹だろうに」

「俺が悪いのはわかってる」

俺の依頼をギルドと話をつけずに受けようとしたピンク兄が原因なのは、まあ、確かだ。しかし、その後の行動と微妙に話がずれる気持ち悪さは、ピンク頭の方が上だ。

「条件がある」

「なんだ？」

緊張した顔でこっちを見るピンク兄——ディーンだったな。

「俺にあんたの妹を近づけるな。具体的に言うと、街で見かけてもついてきたり、回り込んで視界に入ってきたり、話しかけてこないようにして欲しい」

今日、待ち伏せを疑ったのも日頃の行いからだ。話しかけられたのは初めてだが、ハンカチを落としてみたり、躓《つまず》いてみたり、露店で小銭が足りないと騒いでみたり。どれも俺と目が合ってから始めた小芝居だったので、全部スルーしたが。

「わかった。でもいいのか？　うちの妹は可愛いぞ？」

すごく意外そうに言われた。妹フィルターすごいな。それに俺の美人と可愛いは、ハラルファとミシュトに上書きされている。

「俺の感覚で言うと、行動が気持ち悪いし、顔もタイプじゃない」

「アミルがタイプじゃないって、じゃあどんなのがタイプなんだよ……」

姉と正反対がいいかな。化粧お化けの姉は、派手な美人から可愛い系まで化けてたが。化粧っ気がなくて、あんまり女性を――女と女の子の両方を――主張してこない人がいい。

一瞬、レオンが浮かんだが、あれは主張がなさすぎて男性に見える。前言撤回、やっぱりちょっとは女の子っぽい主張が欲しい。

「俺からの詫《わ》びに、珍しい植物が生える場所を1カ所教えたいんだけど。何か予定はあるか？」

「いや、雪が積もる前に、薬草を採っておこうかと思ってただけだ」

珍しい植物というのは、薬系だろうか、食う系だろうか。

「おう、じゃあ今から行かないか？」

「ああ、頼む」

人懐《なつ》こい笑顔を浮かべるディーン。妹ラブじゃなければ普通なんだが。

そういうことになって、連れ立って森へ向かう。途中、ツノウサギも出たが、サクッとディーンが倒した。ディーンの戦い方を見学する。踏み込み、振り下ろし、目配り、足運び。豪快だが油断はない、経験から来る知識でウサギの動きを先読みして、動きに無駄がない。

「おい、あんま見んなよ。こっぱずかしい」

「気にするな」

「視姦されてる気分！」

ディーンが言葉と共に、ウサギの頭を叩く。

「ちょっと戦い方を観察してるだけだ」

「それがこっぱずかしいっての！　あんた熊を連続で狩ってくるほど強いんだろ？」

「俺のは腕力頼りなだけだ」

「腕力？」

剣をしまいながら胡乱《うろん》な目で俺の頭から爪先までを眺め、顔に視線を戻すディーン。

「……」

どうせディーンほど胸板ないですよ！　身長も高くないですよ！　おのれっ！　くそう、絶対大きくなってやる！　誰か牛乳、牛乳をこれへ！

大体ディーンが、ファンタジー世界の住人でデカイ上に、ムキムキすぎるんだ！

ウサギのツノを取って魔石の有無を確かめ、袋に収めるディーン。

「ウサギも持っていくのか？」

「2羽は昼飯、あとは奥に持っていって熊や狼の餌にする。置きっ放しだと熊やら狼が浅い場所《ここ》に出てきちまうからな。倒す自信がない時は、その場で埋めちまうか燃やしちまうんだ」

今まで【収納】に全部詰めてた俺です。そうか、今日はディーンがいるから、家に転移して昼飯にできないのか。【収納】には食事をある程度入れてきたが、出すわけにいかないので、とりあえず俺も1羽狩っておこう。

独学の進み方をしてきたので、ディーンの話は勉強になる。魔物の追い方とか森の進み方とか色々教えてもらった。うん、やっぱり先達がいる時は、教えてもらうのが一番だな。

猿の魔物にも初めて遭遇した。人里に現れては人間の子供を攫《さら》って食べたり、とても嫌がられる魔物だ。だが集団でなければ力はそう強くない。

「あれだ、あの葉っぱに黄色い縁取りがある草がキンカ草って言って、金持ちが飲む酒の匂い付けに使われるバカみたいな草だ」

どうやら目的地に着いたようだ。

「匂い……美味くなるのか？」

俺の問いに、さあ？　と肩をすくめてみせるディーン。ちょっと嗅《か》いでみたけど、青臭いような土臭いような……。

「俺はいらんな」

「俺もいらねぇ。金持ち相手に心置きなく吹っかけられっけどな」

薬の材料だと金持ちだけ治るのか？　とか葛藤ありそうだけど、これはなんかバカな金持ちから巻き上げる系だな。ウィンウィンなのか。生えてこなくなると困るので、半分は残す。キンカ草は地面が凍《こお》る冬は生えないが、ほぼ年中新芽を出すという。春の新しい株と、この時期の匂いの強い株がお高いそう。金貨草と俗称され、正式名称は別。完全に金目の草扱いだな。

【鑑定】してみると、正式にはギフチョウ草と言って、蝶が媒介する黄斑《おうはん》病とかいうのに効くらしい。2、3本は売らずにレシピを調べて薬を作るか。料理と違って薬は、植物を一度調べるなり作るなりしないと、鑑定結果にレシピが出ない。

昼の準備は川辺で。ディーンが風避けの石を積んだりウサギの処理やらをしている間に、俺は薪を調達しに行く。乾いた倒木を適当に切って、担いで持っていけば終了だ。

「おおう？　あんた本当に大雑把なんだな」

俺だって薪の大きさくらいは把握している。無人島生活で火熾《おこ》ししてたし！　とりあえず皮を薄く削って火口《ほくち》にする。あとは適当に切るだけだ。ここもそばに薬草が生えていたので、肉の様子を見ながら採取した。肉がある程度焼けたら、ディーンが適当な大きさに切り分けて削がれた部分をまた焼く。生焼けは怖いし、これでいいのだろう。

ウサギは焼きすぎるとパサパサして、独特の匂いも気になる。焼き加減が難しい。真剣に焼き加減を見ていたら、ディーンが剣を手に取った。

「む……。すまん、驚かせたか」

「ん？」

熊が出たのかと思ったら獅子《しし》だった。違う――レオン、じゃないレオラだ。

「なんでこんなところに？」

「うむ、熊を狩りに。今は水を汲みに来た」

いや、聞きたいのはそこじゃないんだが。まあ逃亡中なら、ディーンの前で言わないか。これは、名前を呼んじゃまずいのかな？

「知り合いか？」

「ああ」

「アッシュという、よろしく頼む」

「ディーンだ」

アッシュがこちらに目配せしてきた、名前を言わなかったのは正解だったとほっとする。偽名は髪の色からかな？　綺麗な青みがかった灰色《アッシュ》だ。相変わらず顔が怖いけど。

「あの時は案内が途中になってすまなかった。ポーションの代金は必ず」

「気にしなくていい。こっちこそ、怪我してるのに案内させて悪かったな」

「いや……」

「ちょうど焼けたところだ、食ってったらどうだ？」

謝罪合戦になりそうなところをディーンが誘う。肉はちょっと焼きすぎた。

「熊を狩れるならポーションの代金なんかすぐだろ？」

「いや、宿代が少々きつくてな。さすが小さくとも人の多い街だ、部屋の取り合いが激しい」

アッシュの言葉に内心で首を傾げる俺。宿で取り合いをした記憶がないが……。

「ん～？　一体どんなとこにいんだよ？」

ディーンって人見知りしないな、と思いながら肉を焼く俺。次は香草も持ってこよう。

「いや、ベッドと机があるだけだが……。日に金貨1枚はなかなかきつくてな」

「……って、ぼったくられてるだろう、それ」

「よくねぇ宿に引っかかったのは間違いねぇけど、なんで気づかないかな？」

ディーンの言う通り、こっちの世界が浅い俺でさえ気づく。

「ギルドの紹介だが？」

「「……」」

聞いたら、ピンク頭からの紹介だった。思わず半眼でディーンを見る。

「アミルは頑張っているし、悪意はないんだ。悪いのは宿だろう」

ディーンが見当違いな言い訳をしている。だいぶ聞き苦しい。

「他はまともなのに、なんで妹のことだけ筋が通らなくなるんだ？」

「そうなのか？」

「妹関係だけ気持ち悪いな」

妹は可愛いから許されるべき、悪気はないから迷惑も受け入れるべき、頑張ってるから周りが助けてやるべき、がディーンの言い分だ。妹本人の主張も同様で、姉の思考に似ている。

「うっ」

ディーンが呻《うめ》いて何かと思ったら、レオ――アッシュが口元に手を当てて考え込んでいた。

うん、３割増し怖い顔になってる。

「信じられんかもしれないが、アミル殿のそばには精霊がいる」

「うん？」

「そしてディーン殿の顔の横に、その精霊の影響を受けた印が浮いている」

困ったような声でアッシュが告げる。聞いて、精霊を見ようとする俺。

「何も見えねぇぞ？　強い精霊ならともかく、印が見えるなんておかしいだろ」

そう言うディーンの頭に、やたらチープなピンク色の花が刺さっていた。いや、よく見たら刺さっているんじゃなくて浮いてたけど。ごつい大男にピンクの咲きかけの造花って、誰得なんだ。生花でも困るが。素材というか質感が、よく商店街の街灯に飾られている紅葉や桜の造花っぽい。そんなのを頭に付けた真顔でなんか言うのは笑うからやめろ。

ディーンの頭に手を伸ばし、花をぶっちっ、とむしって握り潰した。

「⁉」

「あ、すまん」

崩れ落ちるように倒れたディーンを見下ろして謝った。聞こえてないようだが。

「話を聞くに、精神支配の一種だろう。突然影響が切れて気を失っただけだ。――ところで、見える上に触れられるのかね？」

「ああ、しようと思えば？」

精霊が見えなければリシュが見えないし。ただ見えすぎると、今度は細かい精霊だらけになって日常生活に影響が出る。どのレベルの精霊まで見るか調整すればいいんだろうけど、面倒くさいので、普段はリシュだけ見るようにしている。なお、神々と呼ばれるレベルの強い精霊は、あっちが姿を見せようとすればなんの能力もなくても見える。

「父以外で初めて会った」

「見える血筋なのか？」

とりあえず、地面に転がったディーンの手足を伸ばして楽な姿勢にしてやる俺とアッシュ。

鼻をつまんで呼吸の確認をした。げふっとしたので大丈夫だろう。

「ああ。だが今は一族でも、見える者は私と父だけだ。触れることはできない。用心を、その能力は欲しがられるぞ」

「気をつけるとりあえずこれの口封じからかな？」

このまま転がしといたら熊がうまいことしてくれそうだが、そういうわけにもいかないだろう。いや、俺は何も話してないし、あの行動なら見えたとバレてないかな——ん？

「アッシュは見えることがバレたと思うけど、よかったのか？」

「君には助けられた、この男は君の友人なのだろう？」

「いや、まともに会うの、今回で２回目」

アッシュが固まった！

「このまま転がしておけば熊に……」

不穏な呟きが漏れた！　考え込む顔が怖い！　あと思考回路が俺と一緒！

「私の判断ミスだ。甘んじて今後の状況を受け入れよう」

すぐに思い直すところも一緒。なんか本当に貧乏クジ引きそうな人だな、俺が言うのもなんだけど。

「そういえばジーン殿は、私に付いている精霊も見えるか？」

「どれ。うわ」

青い小鳥が、アッシュの頭をキツツキみたいにがっつんがっつん突いている。

「痛くないのかそれ」

「絶えず鈍痛がする」

連続の鋭い突きなのに鈍痛なのか。

「いつから付いてるんだ？」

「私が7つの時からだな。父に付けられた」

「なぜ？」

長年すぎて鈍痛になってるの？　青い小鳥には、光の帯が首輪のように付いている。【鑑定】すると、「アーデルハイド・ル・ラタンティンにより、アーデルハイド・ル・レオラを男らしくする目的で捕らえられた精霊」というアホみたいな結果なんだが。

「私を立派な跡取りにするためにだ」

「弟いなかったっけ？」

「うむ、父が酔って起きたら隣に女がいたそうで、後日届けられた」

宅配便か！

「幸い私の国は、男女に関わらず長子相続だ。ただ我が家は代々、武で仕える家系でな、鍛えた時に男女の差が出ないよう、父が精霊を付けてくれたのだ」

「いや、あのね？　腕力とか体力を付けるならともかく、男らしくっておかしくないか？」

いい話っぽく語ってるけど、おかしいからね？　しかも、がっつんがっつん突かれてるからね？

「男らしく？」

内容を具体的に知らないのかこの人！

「……家のことに口を出すようで悪いが、その精霊は解放してやった方がいい」

結構小鳥もヤケクソみたいに見えるし。

「うむ。本来は2年前に解放するはずだったのだが、術者の父が倒れた。――その、ジーン殿は、この精霊を解放することができるだろうか？」

「多分？　やってみるか？」

あの首輪をどうにかできれば、なんとかなると思う。

「ぜひ」

「街に戻ってからな」

「ああ……」

俺が転がっているディーンに視線を向けると、納得したようにアッシュが声を漏らした。

「解放がうまくいってもいかなくても、礼がしたいのだが」

「いや、あんた宿代ぼったくられて金ないんだろう？　むしろ宿をどうするんだ？」

どこで野垂《のた》れ死ぬかわからないから、冒険者相手の宿は前払いだ。ぼったくりだと宿とギルドに苦情を申し立てたとして、返金されるかどうかわからない。あるのか、金？

「熊を狩る」

「そういえば、そのために来てるんだったな」

忘れてた。

「本当にすまん、俺が甘やかしたばっかりに！」

「いや、君は精霊憑きの影響下にあったのだ、惑わされていたにすぎん」

目を覚まし、土下座せんばかりの勢いで謝るディーンを慰める、心の広いアッシュ。俺は残りのウサギを焼いている。野菜はともかく、乾燥ハーブを持ってくればよかったなこれ。

「ジーンもすまなかった！」

「俺は実害を受ける前だし、気にするな」

アッシュの説明では、ギルドでは男性にしかあの花が付いていなかったそうだ。花びら1枚の者もいたそうで、アミルと長く一緒にいた人に強く影響が出てたんじゃないかとのこと。男連中の頭にピンクの造花装備なんかが軒並みあったら、俺だったら噴き出すか、回れ右して引き返すけど、よく平気でギルドにいたなアッシュ。

「俺がぶっ倒れたってことは、ギルドも倒れる奴が出て混乱すると思うから、ちょっとカイナと相談してからアミルを『精霊の枝』に連れていく」

『精霊の枝』は、精霊が寄りつく場所だが、精霊を落とす場所でもあるらしい。精霊を引き寄せる特殊なお香を焚いてる部屋があるんだそうな。精霊の姿は見えずともいることはわかっているので、おかしくなったい人は一度そこに放り込まれて、精霊が抜けるか試されるらしい。

なお、俺が精霊をどうにかしたのはディーンにバレた。勘のいい男は嫌いです。

ディーンには、精霊が見えることを口外しないと約束してもらった。果たして守られるかどうか知らんけど、面倒なことになったらさっさと街を変えよう。アッシュの方は、執事との待ち合わせがこの街なんで移動は難しそうだが。まあ、がんばれ。

「職員は減るけど、ギルドは夜もやってるからな。アミルのシフトを教えてもらって、影響が少ない時にやるよ。本当にすまんかった！　俺は今から根回しをしに街に帰るけど、よければ運搬人を使ってくれ」

「運搬人？」

「熊を運ぶ者のことだ」

真顔のアッシュ。運搬人は、熊に限らず冒険者が狩った獲物を運ぶ人のことで、駆け出しの冒険者がよく受ける仕事らしい。時間と場所を指定して取りにきてもらうのだが、ディーンは今日の分を妹を通して依頼済み。狩れなかったら払い損になるので、ある程度自信がないと依頼できない。さすが「銀」ってところか？　ものは試し、ありがたく利用させてもらうことにする。

「あ、ジーン。休んでる時も警戒はしとけよ。じゃあな」

一言残して、ディーンは街に帰っていった。はい、頑張ります……、自信ないけど。アッシュが来たの、全然気づかなかったしな。気配ってどう探るんだよ！　常時【探索】をかけられるようにした方が早い気がする。

運搬人の件もあって、アッシュと一緒に熊を狩る流れになった。出てきたのは魔物や狼の群れだ。アッシュの戦い方は冷静で、最小限の動きで急所を一撃し、次々狼を捌いていく。お手本みたいに綺麗な剣の使い方だが、力強い。とりあえず真似をする。

【武芸の才能】と身体能力のお陰で、真似はできる。ただ、ディーンに警戒しろと言われたように、戦闘の経験どころか魔物がいる環境に慣れていないので、違う敵が出たら維持できない。1人で来た時は、【探索】をかけて出会い頭にスピード勝負！　な感じだったし。きっと傍《はた》から見たら、剣で斬るというより棍棒で殴っているというか、モグラたたきのようだろう。

「ふむ、速いし、無駄が少ない」

ありがとうございます、それ貴方です。

「熊より1匹あたりの値は落ちるが十分だな。これ以上は運べまい」

狼の魔物9匹を全部倒し終えたところで、アッシュが剣を収める。ツノなしの狼の体長は俺よりあるし、ツノありの狼はさらに大きく、2メートルを超える。ツノは先に回収した。

「魔石は？」

「狼は毛皮に傷があると極端に安くなる、扱いに慣れた者に任せた方がいい」

「なるほど」

できるだけ血抜きをして袋に詰める。

「縦詰めか」

そう呟いて、アッシュが真似し始めた。だって、ツノありを全部詰めるの無理だろう。袋からはみ出た狼と入り切らなかった狼を担いで、運搬人との待ち合わせ地点に移動した。途中で魔物が出たら、アッシュに倒してもらう。なんか運搬人の兄ちゃん2人が唖然《あぜん》としてたけど。

アッシュの膂力《りょりょく》は、下手するとディーンより上なんじゃないだろうか。

「ひぃい、無理！　乗りません！」

「きしむ、きしむ！　借り物なんです！」

運搬人の兄ちゃん2人に荷車が壊れるって泣かれて、俺とアッシュが2匹ずつ運ぶことになった。荷車を森の近くまで持ってくるのも大変だろうから、小型だし、仕方ない、のか？　運搬先は商業ギルドに変更した。俺が売って、あとでアッシュと折半する予定だ。アッシュは冒険者ギルドでツノを売ってから合流する。

商業ギルドの査定の方がシビアなので、時間がかかる。狼の魔物は毛皮が金になるのだが、アッシュの言った通り、傷が余計なところに付いていると買い叩かれる。冒険者ギルドには、ピンク頭の問題が解決したら顔を出そう。やっぱり、商業ギルドだと不便なところもあるし。

「さて、どこで試す？」

「ディーン殿より長く意識を失うかもしれん。宿ではどうだろう？」

「それ、数日倒れてたらどうなるんだ？　ディーンは余波であれだ、この街に知り合いは？」

人が周囲にいるので、精霊という言葉を出さずに会話する。

「いない」

「執事さんを待つか？」

「いつ戻るかわからんのだ」

執事がそばにいれば、ぼったくりなんかに遭わなかったものを。なんで目を離しちゃったかな？　実は執事も天然だったらどうしよう。

「嫌じゃなければうちに来るか？」

精霊に対してどの程度のことができるか、試してみたい気持ちがある。

そういうわけで、こっちに借りた家に初めての客を招くことになった。女性を誘ったと言えなくもないのか、これ？

通り道だったので、宿でアッシュの荷物を回収した。夕食のため、飯屋に寄る。出てきたのは、大きなパンのスライスに、肉入りのボロネーゼっぽいのをかけたもの。

ふと見たら、店員さんと客がビクビクしている。アッシュの怖い顔か。しょうがないので笑顔を振り撒く俺。パンを敷いたメニューがなんかやたら多いので不思議だったが、ちょっと前まではパンが皿替わりだったらしい。最近はちゃんと皿に盛られるようになったけど、名残《なごり》が残っているんだろう、とアッシュが教えてくれた。こんなことも知らないのか？　みたいなことも言わず、色々教えてくれるのはありがたい。

食事を終え、肩を並べて家に移動した。チンピラっぽいのが逃げていったのはご愛嬌《あいきょう》だ。

「変わっているな」

「以前は道だったところで、間違えて馬車が入ってこないようにしたらしいぞ」

借家に行く路地の入り口に鉄の格子戸があって、「行き止まり」の看板がかかっている。

路地の家はどこも草木を壁に飾り、道端にも植木鉢を置いている。俺も、家の前に大きな鉢をいくつか置いた。何もしないと左右2軒の鉢で埋まりそうだったので、領土の主張をですね……。

「趣味がいい」

褒められてちょっと嬉しい。扉も変えたし、隙間だらけだった床と壁も補修した。

「えーと、湯はどうする？」

宿だと、別料金で桶に湯を入れて渡してくれるらしい。洗い物用のでかい盥《たらい》がある。使ったことはないから、風呂に流用しても平気だろう。

風呂屋もあるんだけど、蒸し風呂だ。パンを焼いた窯の熱を利用してるんだろうか、パン屋とくっついてる。散髪屋やマッサージ屋も付いてて結構賑わってるけど、春をひさぐ女性もいてちょっと俺は遠慮したい。見た感じ、衛生的にも不安になって回れ右した実績がある。川のそばの街には湯船に入れるタイプもあったけど、やっぱり衛生面がこう……。

特に【鑑定】で梅毒と出たあとは、もう寄りつきもしない俺だ。自分も行きたくないけど人を誘うこともしたくない。そういうわけで、街の風呂屋に誘わなかったのは決してアッシュは男湯と女湯どっちだ？　とか迷ったせいではない。だが、お互い狼を担いだので野生の匂いがついている。鼻は慣れてきてるけど、ちょっとこのままではいたくない。

「頼めるだろうか？」

「じゃあ、その辺の椅子にかけて待っててくれ」

1階は作業場だが、調薬だけなので場所をとらない。空いた場所にはソファと机を置いていた。中庭から水を汲んできて、台所で湯を沸かす。そっと家に転移して、タオルやシーツ、紅茶を持ってくる。あと足りないのはなんだ？　ああ、暖炉にも火を入れないと寒いか。

1階の暖炉をアッシュに任せ、2階の暖炉に火を入れた。沸いた湯を盥に移して、温度調整用の水を入れた桶を用意して完了。

「どうぞ、トイレはそこの扉だ。俺は上にいるから」

「ああ、感謝する」

なお、トイレは台所の隅にダイレクトに置かれていたので、壁で区切った。なんでよりによって台所なんだよ、と思ったが、下を下水が走っているようで、台所の排水と同じところに流れる仕組みらしい。壁を付けたお陰で台所が狭い。トイレやら風呂やら、地球からの召喚勇者頑張れよ、こら！　と言いたいところだが、前回勇者を招いたのは300年近く前だそうで、俺と同時代の人じゃないしね。

今後の生活改革は、姉と姉の友人に期待しよう。頑張れ国家権力！

しばらく様子を窺《うかが》って声もかからないので、家に【転移】して、大急ぎで手足と顔を洗って着替えた。まだ匂う気がするけど仕方ない、あとでゆっくり風呂に入ろう。

とりあえず2階は来客用のふりをして、何もないけど3階に住んでいることにしよう。急いで部屋の準備をしないと。ベッドはこっちの宿を基準にして藁束《わらたば》を並べた感じだが、ほぐしておけば『アルプスの少女』のお陰か抵抗がない。不思議。ただ、そのままシーツだとちくちくするんで、厚いキルトをかけてその上にシーツ。テーブルにクッキーとお茶の準備をして、終了。あれ？　思ったより簡単だった。

「さて、では始めようか」

「すまない。よろしく頼む」

風呂を終え、ベッドに座ったアッシュと向き合って、俺は椅子に座る。

倒れた時を想定してアッシュは靴を脱ぎ、準備万端。手を伸ばして青い小鳥に触れる。触っても、アッシュの耳の上をつつくのをやめない。小鳥も自分で止められないっぽいなこれ。

命令が書かれているっぽい、リボンのような光の首輪をどうにかできればいい気がするが、どうしたらいいんだろうな。——などと考えながらぴっと指で弾《はじ》いたら、千切れたわけだが。

「うぐっ」

「あ、すまん」

予想外だったんで声をかけそこねた。倒れてきた上体を受け止めてベッドに寝かせる。胸が当たったんだが、胸板ですね、ちっともドキドキしない。風呂上がりの女性のはずなんだが。

……あの女騎士にかつがれただけで、やっぱり男なんじゃないだろうか。アッシュに布団をかけていると、小鳥が俺の肩に乗ってきた。首を伸ばしてつつきまくっていた時は体を伸ばしていたせいか、羽根がまばらに細く見えたが、今はちんまりと丸い。

「拘束された復讐《ふくしゅう》をこの人にするのはやめろよ？　お疲れさん、お前もゆっくり休め」

他の奴らへの復讐は止めないがな。掬《すく》いとってアッシュの枕元に移動させると、ちょっと身震いするように位置を直して、小鳥も目を閉じた。

意外にあっさり進んだ。さて、俺も風呂だ！　家に戻ると、リシュがくんくんと匂いを嗅いでくる。やっぱりまだ匂うか。熱めの湯にゆっくり入って牛乳を飲んだら、ソファに寝転がり、腹に乗せたリシュを撫で、だらだらした。

また借家に行き、一応、今後誰かに見られても大丈夫なように3階を整えた。薪置場を作って薪を置いて、食器と鍋類も置いて。ああ、部屋に鍵を付ければいいか。色々やることを思い浮かべる。家の間取りやインテリアを考えるのは楽しいんだけど、ちょっとあちこち手を出しすぎて、まとまってないな。

アッシュがいつ起きるかわからないのが辛いところ。とりあえず、しばらくカヌムの借家に住み込んでみるか。明日はバスタブを買いに行こう。

3章　精霊の影響

翌朝、借家の部屋を覗くと、アッシュはまだ起きていなかった。

枕元にテーブルを寄せて、買い物に行く旨を書いたメモと、起きたら飲めるように水差しを置いた。青い小鳥にも水をやって撫でさせてもらう。リシュとはまた違ったふくふく。この小鳥も長年の酷使でお疲れのようで、ひとところにじっとして動く様子がない。

「出かけてくる。アッシュが起きたらよろしく」

小鳥に挨拶して、買い物へ。まず薪を買う。何度も来るのが面倒なので、階段の下にみっしり積み上げる分を一度に購入し、配達を頼んだ。とりあえず買っておこうという方向。食品は外食してますって顔しとけば大丈夫かな？　調味料と小麦粉だけ買っておくか。この街の茶葉は管理がよくないのか美味しくないので、王都で買ってこよう。あとバスタブも。

そういうわけで、王都……からさらに移動して、焼き物が有名な街に来た。バスタブはちょっと楕円《だえん》形の樽《たる》だ。王都とかだと石造りの風呂屋も存在するらしいけど、樽とか桶が普通らしい。貴族だと真鍮《しんちゅう》製とかあるみたい？　俺の家は白い猫足のバスタブで、ホーローだ。鋳物《いもの》で作ったものにガラス質のコートをかけるんだったっけ？　俺も作り方は知らない。

なので、なるべくつるんと滑《すべ》らかな釉薬《ゆうやく》をかけて陶器で作ってもらう計画。これがダメならヒノキ風呂っぽくしようと思っている。手入れが面倒そうなイメージだけど。王都に陶器の花瓶があったので、流通と噂話をたどってこの街に来た。

「こんにちは。なるべく大きな陶器を作れる工房を紹介して欲しいのですが」

「なるべく大きなですか？」

「はい」

土地勘がないし、ツテもない。商業ギルドの建物を探して聞いてしまうのが早い。

「新規製作でしょうか？　アレンジ製作でしょうか？」

「新規になるのかな？　アレンジでも行けるかもしれませんが。すみません、わかりません」

どの程度のものが既製品であるのか、よくわからない。でかい植木鉢みたいなのがあれば、アレンジでも行けるんだろうか？　植木鉢は素焼きっぽいのしか見てないけど。

「鑑札はございますか？」

「はい」

ギルドコインを差し出すと、受付のお姉さんが書類に識別番号を書き込む。

「仕様書はお持ちですか？」

「仕様書というほどではないですが、一応、形の希望はこれです」

横から見た形と、上から見た形、サイズ、質感の希望を書いた紙を渡す。形の説明って口頭だと難しいから用意した。足を伸ばして寝そべるように入る風呂だ。寄りかかりやすいよう少し傾斜をつけて、反対側に足を乗せたり座ったりする段差があるのと、段差のないノーマルタイプの2枚。猫足だと重さを支えられない気がするので、金具の支えと足を希望する。

「製造者の希望はございますか？」

「職人として信頼できる方でしたら」

知ってる人は誰もいない。少々待たされて、明日の午後に会えることになった。製造者の陶器の見本を使いの人が預かってきて、綺麗なカップを1つもらった。ちょっと嬉しい。

この街で食器を一式、家用と借家用に購入した。この世界の器は大抵木の器で、金持ちは銀器が多く、陶器や磁器の食器は珍しいのだそうだ。思わず買い込む。

食材も少々買い込んで借家に戻った。とりあえずスープを作って暖炉に置いとけばいいかと。せっせと2階、3階の扉に鍵を設置。アッシュの様子を窺いつつ、なるべく静かに。

「俺の立てる音を小さく頼む、『静寂』」

魔法の存在を思い出して、使う。全く聞こえなくなるとゲームを音なしでやってるみたいで変な感じだし、小さくした。魔法はそばにいる精霊が頑張ってくれて使えるのだそうだ。同じ人が同じ魔法を使っても、環境によって強さが違うらしい。

作業をしていたら薪が届いたので、魔法を解いて応対し、階段下に置いてもらう。運んでいたら、今度は小麦粉の配達だ。こっちは地下の貯蔵庫に持っていく。すぐそばの下水が気になって、貯蔵庫も壁を追加した。下水と少し距離があるのはわかっているが、気になるものは気になる。気分的な問題で炭を詰めてレンガ壁を張り、上から漆喰を塗った。壁の棚に届いた小麦粉や豆類などを収納する。王都で買ってきたワインも何本か置いてある。

こんなものかな？　放っておいても悪くならない、保存の利くものをチョイスしてみた。

各部屋の扉に鍵を付け終わり、今度は調剤場所を撤去する。1階の中庭近くに設置していたが、ここは風呂にしよう。台所と暖炉の両方でお湯を沸かせるし。こっちで俺が風呂に入ることはないと思うけど、狭いところの改造はトレーラーハウスを作ってるみたいで楽しい。

「楽しんでるとこ、ごめんね」

「ん？」

金髪の砂糖菓子のような少女が覗き込んできた。扉の開く気配はなかった。

びっくりして振り返ると、後ろに玲瓏《れいろう》な美青年と優しげなおばあちゃん。

「ミシュト、ルゥーディル、パル？　久しぶり」

だが、なぜここに？

「詳しいことは君の領域で」

そうルゥーディルが表情の動かない声で言うと、周囲が俺の家に変わった。整えられた室内と3人の存在に対し、俺の手元の工具がなんか浮きまくってる気がする。リシュが駆けてきて、俺の足に寄り添う。よし、よし、番犬してるな。

「突然すまないが、そなたに頼みがある」

「うん？」

ルゥーディルを見ながら、そっと工具を置く。ぎこちなかったかもしれないけど。

「面倒かけてすまないけど、ここに逃げ込んできた精霊に名前を付けてやってはくれないかしらねぇ」

パルがちょっと困ったような顔をして言う。

「君のお姉さん、魔法をたっくさん使ってるの。でもその使い方がすっごく乱暴。精霊が見えないから仕方ないのかもしれないけど」

「凝《こ》り性で飽き性ですからね。最低1年くらいは無茶をすると思います」

テレビ番組とか俳優とか水槽とか、凝り性の姉が金と時間と俺を使い、最終的に放り投げた趣味を思い出す。今回は放り出すことはしないだろうけど、魔法を新しい玩具みたいに使い倒してるのだろう。

「細かい精霊が使い尽くされて随分消えたねぇ。ナミナが諌《いさ》めてはいるらしいけど、あれもお調子者で、自分に力が付くものだから……」

ナミナって誰かと思ったけど、文脈からしてあの光の玉のことか。自分に力が付くから積極的に止めないいんだな？　あの玉、やっぱり好かない。

「ナミナに力が戻ったら、君のお姉さんに精霊が見えるようになっちゃう。ちょっと覗いてみたけど、そうなったら精霊にも片っ端からぜ～んぶ【支配】かけそうで心配なの」

ミシュトが大きな目をうるうるとさせる。

「そなたがあれに関わりたくないのは知っているが、精霊が騒がしくてたまらぬ」

ルゥーディルは煩いの嫌いそうだもんな。司ってるのが静寂だし。

「あんまり勇者の行動を制限したり、私たちの望みで方向性を決めちゃいけないんだけど」

「私たちはこの庭を保つために時々様子を見てるんだけどね。ちょっとこの状況が続くと、さすがに影響が出てきてしまうねぇ」

「ジーンはちょっとここの精霊を見た方がいいと思うの」

ミシュトに言われて、精霊を見る。――見る。

「うわっ！　こわっ!!」

ガラスというガラスに、夥《おびただ》しい数の精霊がぎゅうぎゅうにくっついてるんですけど！

「気づいていなかったのか……」

ルゥーディルが目を逸らして呟いてる。すみません、まるっと見てませんでした。こんな中で生活してたのか……。ルゥーディルじゃなくても嫌だなこれ。うん、見えなくて正解だ。

姉に付与された【支配】は、使わなくてもそばにいる者に影響を与える。精霊はそれを知っているので、【解放】を持つ俺のところに逃げてきているのだという。【解放】は【支配】と同じく、そばにいるだけで効果がある。【支配】を受けたならともかく、認識されていないうちならまだ逃げられる。逃げられるうちに、使い潰されて消える前に。【支配】の痕跡を消すために【解放】を持つ者のそばに。なるべく俺のそばに寄ろうとしている結果がこれらしい。俺が魔法を使う《きょかした》時しか家に入れないから。

「名前を付けてやれば、他の【支配】は受けないからね。元のように自由に散ってゆくよ」

どうしよう……、という俺の顔を見て、パルが深く頷きながら教えてくれる。

「【解放】の魔力が強いか、その者と精霊との縁が強ければだが」

「先に縁を作っちゃえば、精霊は君を選ぶと思う。魔力はルゥーディルがついてるしね」

問題点を教えてくれるルゥーディルと、楽天的なミシュト。

「あれが気づかない間に、どれだけの名付けができるかで決まるかねぇ」

パルが告げる。名付けはどうやら、俺の快適ライフにとっても大切なことらしい。この精霊の量なら、植物やその他に影響がない方がおかしい。

それもあってこの3人は俺に告げに来たのだろう。だが――

「俺は名付けのセンス、かけらもないんですが」

この量に名前付けるの？　無理じゃないか？

「番号でもなんでもよい。ここに来ている者も【解放】目当てだ」

ルゥーディルが言う。

「気に入らなかったら名付け直せばいいわ。名付けた人なら上書きは簡単だから」

「そっちの方が精霊にとっても都合がいいね。思い入れのない名ならば、精霊が誰かを好いた時、その者から新しい名をもらうこともできるのさ」

にこにことミシュトが笑い、パルが言う。なんか矛盾してる気もするけど、精霊にとっては気に入った人、俺、姉の順になればいいってことだな？

「名付けた精霊はそなたに力を貸す。よき精霊がいたら個の名前を付けてやるがよいだろう」

補足するルゥーディル。よし、番号決定。

「は〜い、はい。ジーンが名前くれるよ、一列に並んでね〜」

ミシュトが群がる精霊に声をかけてくれたが、気ままな精霊たちで並んだのは半分くらい。

あとは「並ばぬと名付けはない」と、ルゥーディルが並ばせた。その間に、紙に番号を羅列《られつ》した。葡萄棚の近くに机と椅子、紅茶を用意して、準備完了。窓を開けて名付けを始める。

「赤の一」、「緑の一」、「黄の一」、「赤の二」、「青の一」――数字だけだとすごい単位になってしまいそうだったので、精霊の色プラス番号だ。名前を付けると、庭に留まる者、自由を得たとばかりにどこかへ飛んでいく者と様々だ。精霊に予防接種をしてる気分になるな、これ。同じ作業を数時間続けていると、俺の足元で頑張って目配りしていたリシュが疲れてヘタっと寝てしまった。いつの間にか、カダルとイシュも来ていた。

「うう、ちょっと休憩。アッシュの様子見てくる」

ここにいると、早く名付けろという精霊の圧が酷いので、脱走することにした。名付けは俺の快適ライフのためだけど、さすがにキツイ。

「ご苦労じゃの」

「アッシュって？」

「精霊から解放して、倒れたのを預かってる」

カダルの声を背に借家に転移すると、暇だったらしいミシュトがついてきた。

借家に行くと、相変わらず微動だにせず真っ直ぐに寝ているアッシュ。疲れないのかこれ？

こっちに気づいた小鳥が飛んできた。ふくふくに癒される俺。

「あら、乙女のピンチ」

「手を出すつもりはさらさらないぞ」

ミシュトにはちゃんと女性に見えるようだ。どこで判断してるんだろう？

「違うの～。ん、これでトイレは起きるまで大丈夫」

そっちのピンチか！

「すまん、考えてなかった。ありがとう」

ミシュトのお陰で予想外の危機を脱した。見えない危険が一番厄介《やっかい》だね！　それは置いておいて、ミシュトの見立てではアッシュが起きるのは明後日の夕方くらいだろうとのこと。

「この子に名前は？」

ミシュトが小鳥を見て聞いてくる。

「ルーだったと思います」

使役者だったアッシュの父が、「ルー」と名付けているのを【鑑定】で知った。

「もう契約の縛りが切れてるみたい。新しく付けられるよ？」

「そうなんですか？」

「うん。その子も君に名前を付けて欲しがってる」

小鳥の頭から背中の羽根は青で、隙なく整いつるんとしている。胸の羽根は薄い水色で、柔らかくてふくふく。ふくふくのふくちゃん——だめだ、俺に名付けのセンスはない。

「『アズ』はどうだろう？　違う名前の方がいい？」

イタリア語でアズーリは青。イタリア代表のカラーが空の青なので覚えてる。小鳥が嬉しそうに体を寄せてきたので、どうやらアズでいいらしい。耳のあたりをカリカリと掻いてやる。

「アッシュに付いててくれるか？」

起きるのは明後日っぽいが、ずっと一緒だった小鳥がいなくなるのは寂しいだろうし、アズの調子もよろしくないようで連れ回したくない。アッシュと小鳥の場合、がっつんがっつんされてたのと拘束されてたのとで、お互い微妙かも知れんが。

「ふふ」

ミシュトがそばで柔らかく笑っている。


また家に戻り、精霊の名付けを夜までかかってようやく終えた。あとは月に1度か2度、増えたらやるということになった。

「ちょっと暗いかな」

「明かりを」

「待て」

ぬああああああああああっ！！！　目を押さえて倒れ込む。なんだこれは！　閃光弾《せんこうだん》

かよ！　いや、まだ眩《まぶ》しい!?　あれか、ここはあの有名なセリフを……っ。

「あらすごい」

どこか嬉しそうなミシュトの声、そういう貴方は光属性か。

「待てと言ったのに」

ため息混じりのルゥーディルの声がして、ちょっと暗くなった気配だ。

「人の身には辛くないのかねぇ？」

なんか目の前がまだ真っ白、目を閉じても白い！　今現在、辛いですパル！

「慌てるでない、【治癒】が効く」

今の状態はやはり目に危険ですか？　カダルの声に慌てて【治癒】をかけて回復した。

「なんだったんだ？」

「小さいけど、光の精霊がたっくさんだったのよ」

「ここにいる全部がこぞって力を貸した結果です」

にこにこ言うミシュトと対照的に、冷静というか、表情の変わらないイシュ。

「ルゥーディルが闇を混ぜて光を弱めた。加減を覚えないと危ないよ、ちゃんとイメージして精霊に伝えるんだよ」

パルが言うことに納得……って、昨日までは「明かり」でちょうどよかったんですよ！　あと精霊って、俺の考え読むの？　イメージが伝わるってことは、考えてること筒抜けなの？

そういえば、ミシュトがそんなこと言ってたね！

なんだかさらに疲れた。腹が減ってるからいけないんだな、夕飯にしよう。

「食べていきますか？」

一応聞く俺。「蜂蜜！」とミシュト。「ワイン」とルゥーディル。「パン」とパル。「薬茶」とカダル。「塩」とイシュ。──鉄壁の偏食具合だ。誘った手前、用意はするけれど。

人型の力の強い精霊は、色々食べられるけど、味はしないのだそうだ。人型でない精霊が食べるものは、属性によって朝露とか夜露とかの水、焚き火や暖炉の火、花々の香り。他に本人の好きなものを何か、だそうだ。パルのパンくらいしか工夫のしようがない。

希望の品をそれぞれに用意して、俺は秋刀魚の塩焼きに大根おろし、キュウリと人参の糠漬け、ご飯と豚汁《とんじる》。豚汁と人参がかぶってしまったけど、糠漬けは馴染んでいい具合だ。

カップに湛《たた》えた蜂蜜をスプーンで嬉しそうに口に運ぶ、砂糖菓子のように甘い顔をした少女。

静かにワインを傾ける白い顔の美青年。

ひたすらパンを千切って口に運ぶ、にこにこした老婆。

難しい顔で眉間に皺《しわ》を寄せる老人──薬茶が苦いからな気がするけど、望んだのは本人だ。

カップに入れられた白い結晶をスプーンで口に運ぶ無表情な少年。

なんともシュールな光景が広がっている。特にイシュの塩が異彩を放ってるね！　出す量にかなり迷ったんだけど、それでよかったの？　抹茶塩とかにしたら嫌がらせだろうか？　俺《おにいさん》は人間だから、イシュの体が心配だよ。外見はともかく、イシュの方が年上だろうけど。

秋刀魚は箸《はし》を入れるとぷつんと皮が割れ、たちまち脂が流れ出す。豚汁は寒い日にお腹が温まるし、ご飯と漬物だけでも美味しい。この美味さがわからないとは……。まあ俺も、朝露と夜露の味の差とか言われてもわからないけど。

ディノッソ家か大工に混じって鍋を食いたい気分。同じものが食えないのは少々寂しい。

◆◇◆◇◆

朝はリシュと山の散歩だ。上の方は雪が融けず、その上に雪が降り積もるようになった。

ひと冬に必要な薪は4トンほど。丸太のまま買えばちょっと安いけど、暖炉に焼べる大きさで乾燥したものを買うとそれなりにする。しかも雪が積もり出すと、薪の値段はどんどん上がっていく。わかっていても置いとくところがないので、一般家庭では一度に買えない。

俺の家は薪の心配がないけど、山の手入れ的な意味で何本か切った方がいいかな。家に戻って早めの昼食をとる。リシュは精霊だから、汚れない。泥だらけになったのを丸洗いしてみたくもあるけど。体力もついてきたが、今日は疲れたのか暖炉のそばに丸まって寝てしまった。

こっちでレッラという、花茎《とう》を食べる冬野菜を料理してみる。灰汁《あく》が強いので、出かける前に割《さ》いて水に浸けておいた。ついでにメインの仕込みも。

醤油とみりんと米麹に浸けておいた牛もも肉を、塩胡椒、オリーブオイルで表面を焼く。あとは分厚い鍋で肉の内部まで熱が通るようにしばし保温したものだ。レッラにはアンチョビ、塩、オリーブオイルに、ほんのちょっとのニンニク、ローストした胡桃を振りかける。仕込んだ肉はローストビーフもどきになっているので、薄切りにしてパンを添えて準備完了。

いや、スープ、スープ。スープは適当に暖炉にかけておけば、美味しく出来上がるのが素晴らしい。勝手にじっくり煮込まれてる。今度こそ準備完了。

シャキシャキした歯ごたえでちょっとほろ苦いサラダ。ほんのり醤油な柔らかい肉、ちょっと固めなパン、熱いスープ。山歩きで運動してきた甲斐がある美味しさだ。

レッラはなかなかよかったんで、ちょっと植えてみようか。いや、その前に精霊が来るなら花か。『精霊の枝』に行ったら、水・花・木！　であふれてたし。

借家に行き、アッシュの様子を確認してアズのための水を取り替える。一応、朝昼晩と訪ねてる。さて、バスタブだ。その前に食器をまた少々購入。せめて食器くらい変えたい。

陶器の街に行き、工房の場所を聞く。店は街中にあるけど工房は街外れにあった。なんかボトルのような形のレンガ製のものがたくさん並んでいると思ったら、それが窯だった。

「やあ、マルコムだ。新しい商品のアイディアがあるそうだな？」

「ジーンです。アイディアというか、風呂桶なのですが」

握手して仕様書と称する落書きを見せ、作って欲しいものを説明した。

「今、ちょうど隣国から浴槽の問い合わせが来ていてね。渡りに船だ」

ここの隣国というと……。ぶっ！　どう考えても、問い合わせの主は姉とその友人な気がする。高位の貴族から問い合わせが来て、試作を始めたところらしい。希望は猫足浴槽だな、これ。

俺は自分で欲しかっただけなんだけど、なんか貴族向けに開発する流れだ。そして朗報、ホーローができそう、というか、ホーロー自体はあった。エナメル質のものを陶器に焼きつけたやつで、俺的にホーローのイメージじゃないんだけどホーローだ。

そういうわけで、途中から鋳物屋さんも混じって打ち合わせだ。開発費は俺の出資で。どっちにしろ作って欲しいからいいけど。俺用と見本用とを2つ作ったら、あとは注文に応じて半金をもらい、生産するそうでセーフ。俺みたいにアイディアを出しただけでも、商業ギルドを通していれば3年間、儲けから1割もらえるのだそうな。全て手作業で、納期に半年かかるのも珍しくないらしいので、３年が長いのか短いのかは謎だ。

とりあえず姉のお陰で、俺が買う分くらいは取り戻せそう？　【縁切】してあるから俺の情報は姉には届かないだろうけど、こんなことで関わりができるとは微妙な気分だ。

マルコムさんはここまで大きなものは作ったことがないそうだけど、加工自体は経験があるようなのでちょっと安心。バスタブ1つでだいぶ場所をとるし、材料費もかかるのでかなり割高になる、1回で成功してくれるといいな。鋳物で型作りからなので、日数がかかるのは覚悟しよう。そして鋳物屋さんはあとで見学させてもらおう。


夕食は外食にして、味は微妙だった。明日は熊狩りに行って、ちょっと稼ごう。もらったお金、さすがにだいぶ目減りしたし。雪が一面に積もったら狩りはお休みする予定だ。そろそろ普通の熊は冬ごもりに入るし、俺も家にこもるつもりだ。

明日のお弁当のためにパンを焼く準備をする。今日の残りのローストビーフもどきと野菜を挟んで、お手軽にサンドイッチにする目論見《もくろみ》だ。

準備を終えたら風呂に入って、寝る前に牛乳を一気飲み。……もう少し伸びてくれてもいいのよ？　起きたらバタールとバゲットを3本ほど焼く。バタールは焼き上がりがちょっともっちりで、今回はサンドイッチに使う。バゲットはちょっと細めなためパリッとした焼き上がりで、輪切りにして上に色々乗せてオードブルにする。

焼いているうちにリシュと散歩だ。フリスビーを作るべきかと思いながら、転がるように走るリシュと風景を眺めた。コーヒーと焼きたてのパンで朝食を済ませる。

コーヒーはこっちで簡単に道具が揃ったので、ネルドリップだ。雑味《ざつみ》もそのままに豆の味がダイレクトに出る。気分で変えたいし、サイフォンも作ろうかな？ その前に水筒だろうか。

予定通りサンドイッチを作って、アッシュの様子を見に行き、アズにふくふくさせてもらう。

熊狩りに出発——と見せかけて、森のもっと奥に転移した。

魔法の制御をなんとかしないと、いざという時に困る。熊狩りの場所で昨日みたいな発光があったら、森を監視してる物見の兵にバレる。かといって、自分の家ではあちこち荒れそうな攻撃魔法を練習したくないし。目隠しになるものを求めて歩くうち、なんか切り立った岩が乱立して、上と下に森があるみたいな場所まで来た。

「さて」

誰に言うともなく口にして、集中する。すでに【探索】には、感じたことのない気配が引っかかってきている。俺が名付けを行った場所からはだいぶ離れているので、今使えるのは普通の力だ。周囲に俺が名付けた精霊はいないはず。

まずは普通に『ファイアボール』。うん、思っていたより威力が強いものが出た。魔法は精霊の力で起こる現象で、魔力——魔力って言ってるけど、気力と何が違うのかよくわからん——を餌に、呪文で助力を頼むか、無理やり力を引き出すかする。

精霊に好かれていれば普通よりも積極的に、少しの対価で多くの力を貸してくれるし、名付けや姉の持っている【支配】をすると、無理に力を引き出すこともできる。

効果がすぐ出るような魔法を使える者はほんの一握りだそうだ。攻撃や回復魔法が使えるとわかると、国が囲い込みにかかるくらいに少ない。呪術師とか魔術師は多いけど、準備して長い間精霊に願って少しずつ……、みたいな気の長い術だそうだ。

「明かり」

これも普通より明るいな。ある精霊を名付けると、周囲にいる同じ属性の精霊が力を貸してくれやすくなる。名付けた精霊が近くにいる時ほどではないけど、威力が上がるのだ。まずはこれを思い描いた威力まで調整できるようにすることから。——その前に。

「すまんが邪魔だ」

寄ってきたツノありのオオトカゲを『斬全剣』で切り倒す。俺の方が速いし、剣は折れることがない。力任せに振り抜けばなんとかなってしまう。

東の魔の森、西の滅びの国、北の黒山《こくざん》、南の竜の狩場。

人が住む場所は、東西南北、魔物に囲まれている。俺が辺境の都市カヌムを選んだのは、暮らしやすい気候と姉のいる国から離れているからだ。そして、魔物の種類が『斬全剣』でなんとかなりそうだったから。場所によっては「レイス」とか、物理が効かない魔物が出る。ここの魔物は、体がただ固く強靭で、生命力が強い。

倒したオオトカゲは、普段狩りに行く場所で見る熊や狼よりファンタジーっぽい生き物だった。奥にはもっと変わった厄介な生き物もいるらしい。俺は今のところ行く気はないけど、時々国が調査隊を出しているそうだ。

とりあえず老後まで悠々自適《ゆうゆうじてき》に暮らせればいいのだが、俺の望む生活レベルがこの世界の一般と比べて高いもんだから、金がかかるし自分で作らなきゃならないものもある。

目下の目的は羽毛布団を作ること。人に聞いた白色雁《しろいろがん》の魔物が、いい羽毛を持ってるんじゃないかと思ってる。だってこの世界、一般的な冬掛け布団が熊の毛皮だったんだもん。スプリングの利いたベッドに熊の毛皮が鎮座ですよ、顔は付いてないけど！　勘弁していただきたい。

羽毛布団の材料は、大体ガチョウ（グース）かアヒル（ダック）。雁はガチョウの親戚だ。だから森の湖まで行って、白色雁を狩りたい。飛ぶ鳥相手なので魔法に頼りたいが、下手な魔法で四散されたら意味がない。そんなわけで特訓だ。

周りにいる精霊の数が変わっても、思い通りの威力で魔法が使えるように！　ちゃんと当てられるように！　……ノーコン気味なんだよな俺。そういうわけでせっせと特訓している。

ちょっと疲れたので、休憩を兼ねて昼！　一息ついて座れる場所を探すためにあたりを見回す……気がついたらトカゲやら三本ツノの狐やら、『斬全剣』で倒した魔物がですね……。無駄な殺生《せっしょう》をしてしまった気分だが、倒さないと俺が食われるので諦めてもらおう。その後は何も来なかったし、今も【探索】にかかってこない。あれか、魔物に危険人物として認定された感じかこれ？


ミシュトの見立てた日、陽が落ちる頃にアッシュが目を覚ました。

「大丈夫か？」

身動きした倒木――じゃない、アッシュに声をかける。アズと遊びながら、夕方から目覚めるのを待っていた。

「礼を言う」

俺がいて少々驚いた様子だが、俺の手の中のアズを見て、思い出したようだ。

「動けそう？　痛むところは」

「む。大丈夫だが、少々背中が痛いようだ」

半身を起こして、腕を動かし軽いストレッチをする。背中が痛いのか眉間の皺が深くなる。

「ずっと寝てたからじゃないか？」

「ずっと？　そういえば朝、いや夕方か」

「3日目です」

1日じゃないんだな、これが。

「それは……。迷惑をかけた」

しゅんとすると、ますます眉間に皺が寄る。

「いや、ベッドに寝かせておいただけだし。着替えたらどうだ？　あと何か食えそうか？」

「そうさせてもらう。腹は――減っているかいないかわからないな」

「ずっと絶食状態だったからかな？　スープを用意してくる。そこの水は好きに飲んで」

水差しを視線で指して、アズをアッシュの脇に置いて部屋を出る。1階に降りて、スープの用意。一応ベッドでも食べられるようにトレイに乗せるか。作業部屋の暖炉に置いておいたスープを壺ごと持ち出す。鍋にかけるのでなく暖炉の近くに寄せておいただけだが、ゆっくりじっくり温められたスープは野菜が美味しくなる。

コンソメと骨付きの鶏が出汁で、あとは塩胡椒だけの優しい味だ。煮込み料理は断然楽だな。暖炉は火の管理はあるけど、消えてもしばらくは石の余熱で暖かいし。

ノックし、返事を待ってドアを開ける。アッシュは椅子に座り、机の上のアズを指先でくすぐっていた。トレイを机の上に置いて、深皿にスープを盛る。

「どうぞ」

「いい匂いだ、急に腹が減ったようだ。遠慮なくいただく」

待て。眉間の皺が消えたら美形だぞ⁉　誰だ⁉　無表情気味だけど。美女じゃなくて美青年だけど。これはピンク頭とか、女性が放っとかないんじゃないだろうか。

「騙されてベッドに連れ込まれるなよ？」

思わず言うと、アッシュはぴたっとスプーンを止めて、首を傾げた。

「私はジーン殿に騙されていたのだろうか？」

今度は俺が固まった。

「騙してないから。俺はセーフで頼む」

「うむ」

何事もなかったように再びスプーンを動かすアッシュ。セーフにしてもらったけど、男の家に外泊は、公爵令嬢的にはアウトだろうか。本人の話だと、軍属で魔物相手の実戦にも出たそうで、着替えや部屋の整頓、野営くらいは自分でできるそうだ。アズが付いてからは家でも男装し、騎士の英才教育を受けてたって。貴族と軍の極端な生活で、ズレている自覚はあるとのこと。森で野営した時のズレっぷりからちょっと想像がついた。

あと男扱いされるのも普通だったって。まあ、レオンと呼ばれてたようだし、眉間の皺が常駐していた時は近づきたくない感じの強面だった。

「眉間の皺がなくなってるな」

「そうか？」

怪訝《けげん》な顔をしたら復活したが。すぐに目を座らせるのやめろ。怖い。

「頭痛がなくなってスッキリした。解放されて初めて苦痛だったのだと——改めて感謝する」

膝に手を置いて頭を下げてくる。

「いや、こっちも精霊に興味があったし」

正確には、術で縛られた精霊がどんなものか知りたかったのだが。

「朝は普通の食事で大丈夫そうか？」

「ああ。泊まって構わんのかね？」

火挟《ひばさみ》で薪の位置を調整しながら聞くと、疑問付きで返ってきた。

「夜に放り出すほど酷くないぞ」

アッシュの背が少し丸まっている。３日寝っ放しだったからか、突然精霊から解放されたせいかはわからないけど、本調子ではなさそうだ。

「すまぬ」

「この部屋、鍵がかかるから安心して過ごしてくれ。動けるようなら風呂を準備するけど？」

「入りたいのはやまやまだが……。タオルと湯をいただけるだろうか」

ああ、やっぱり動くのも面倒な状態か。


さて、家に戻って、俺も夕飯。昼はサンドイッチだったから、夜は餃子《ぎょうざ》にしよう。

強力粉、薄力粉、少しのラード、生地をこねて寝かせている間に具の準備。ひき肉……はないので、ひき肉並みになるまで肉を細かくして粘りが出るまで練って、野菜を混ぜる。

野菜を混ぜる時は、潰すと野菜から水が出てきてしまうのでそっと。刻んだ野菜は絞ってあるけど、ここで肉までビシャッとしたら台なしだ。キャベツとニラ、白菜とニラの2種類の餡《あん》にした。生地はたくさん作ったので、あとで海老《えび》の揚げ餃子も作ろう。

朝焼いたパンも焼きたてのままだし、【収納】便利。入れた時のまま保存されるので、氷を作ったり冷やしたりできない点を除くと冷蔵庫より使い勝手がいい。ご飯と餃子と中華風スープ。餃子の皮はつるっともちっと、焼き面はかりっと。噛めばじゅわっと。

リシュは餃子には興味がなさそうだったけど、今日は水の他に肉を少々美味しそうに食べている。

だいぶ幸せ。

食事を終えて、風呂に浸かってさらに幸せ。

やっぱり食と住は大切だと思う。

寝る前にちょっと働く。精霊に片っ端から番号を振るだけだけど。姉が落ち着くまで名付けは終わらないだろうか。毎日やる気はなかったのだけど、集まってくる数が多すぎて。

一仕事して牛乳を飲んで、おやすみなさい。


早起きをして、リシュとの散歩とブラッシングが日課になりつつある。いつもなら朝食に続くのだが、今日は早めに借家に移動した。ガランとした3階の部屋から出て、階段を降りる。アッシュは起きているようで、1階から物音がした。

「おはよう」

何をしているのかと思ったら、井戸から水を汲んでいた。シャツを捲《まく》って水を汲み上げる姿が無駄にかっこいい。

「動いて平気なのか？」

アズがアッシュから俺の肩に移ってきて、体をすり寄せる。アズもおはよう。

「ああ、すこぶる快調だ。昨日の言葉に甘えて風呂もいただいた」

昨夜、台所と風呂や薪は自由に使っていいと伝えた。寝起きが悪いので、3階には近づかないでくれとも。

「朝飯は？」

竈に火を入れながら聞く。風呂の湯を沸かした名残か、炭にオレンジが残っている。細い薪を足して火かき棒で炭を崩すだけで燃え出した。

「まだだ」

「パンとチーズでいいか？」

棚の木箱を開けて、大きな丸いパンを取り出す。一通り仕込んであったのだ！

「ありがとう、いただく」

そう言って、水を汲みにまた出ていくアッシュ。俺は木箱のおが屑《くず》から卵を取り出して、塩漬け肉とで焼き始めた。卵は家から持ってきた、カヌムの卵はサルモネラ菌が怖い。ベーコンっぽいものは、保存期間優先なのか、塩っ辛くて固いものが多い。それはスープに放り込むといい感じだが、この時期はもう少し柔らかいものも出回っている。秋の終わりに農家が養えない分の家畜を潰して売るからだ。冬は飼料の調達が難しいと、ディノッソ家が言っていた。漬けたばかりの塩漬け肉がまだ安い。冬が深まると今度は値上がりするけどね。

適当な厚さに切って、パンも軽く炙《あぶ》る。塩漬け肉の焼いたやつと目玉焼き、パンにチーズとスモモの甘酸っぱいジャムを添えて完成。野菜？　野菜はスープで。こっちはあんまり生野菜を食う習慣がないみたい？

「できたぞ」

中庭で井戸の手入れをするアッシュに声をかけて、作業場の机にトレイを運んだ。あ、目玉焼きは半熟派か固焼き派か、聞くの忘れた。

特に目玉焼きの焼き加減や調味料で争うこともなく、食べ終えた。こっちに醤油とかケチャップがないからかもしれない、ソースも。ここでは塩胡椒の不戦勝だ。

「美味しかった。このパンにチーズとジャムを乗せると、絶品だ」

表情はあまり動いてないけど、気に入ったのか、声に力がこもっている。ジャムは森で採ったスモモを煮た。酸っぱいが、チーズにちょっと付けると酸味と甘みがいい感じになる。

「ところで小鳥のことなんだけど、寝ている間に改名した。すまん」

「――なんと付けたのだ？」

アズを撫でながらアッシュが聞いてくる。

「アズ」

「いい名だ。名付けを受け入れたということは、精霊が君を好いているということだ、謝ることではない」

「アズはアッシュにも懐いているように見えるけど」

拘束されていたのにアッシュを嫌っている様子はなく、むしろ肩に乗りたがっている。

「そうか？」

「うん」

頷くと、アッシュはちょっと嬉しそうだ。

「少し休んだら、ギルドに顔を出しに行くか？」

「ああ。ジーン殿にも、泊めていただいた代金を払わねばな」

さて、ぼったくられた宿代を取り戻しに行くか。ピンク頭の精霊がなんとかなってればだが。


冒険者ギルドの前で、精霊が見える状態にした。細かいのはスルーで。ちなみに名付けをした精霊には、赤の一改めルージュと緑の一改めオリーブに、俺の代わりに家を守るようにしてもらっている。お陰で平和だ。精霊を使役することになるとは思ってなかったけど。

ギルドから出てくる男たちの頭にピンクの花は見えない。ただ何人か、気づいてないようだが精霊に纏わりつかれた冒険者もいた。ギルドの問題がすでに解決していて、アッシュに新しい宿を見つけてもらいたいところだ。金を払えば、ギルドが生活をある程度サポートしてくれるはずなんだけど。まともなら。

「ノート」

冒険者ギルドに入ると、俺の心配事は解決した。ギルド内の酒場に執事がいたのだ。アッシュの呼びかけで立ち上がる。黒いスーツに片眼鏡という浮いた格好をしているが、王都からの追っ手は大丈夫だろうか？　いや、裸の上半身に真っ赤な毛皮を羽織《はお》ってる奴もいるから目立つほどでもないのか？　トゲ付きのベルトをしているブルドッグみたいなのもいるし。

　アッシュから執事と紹介されたが、実際には数年前に引退して自由の身だそうだ。正しくはアッシュが放逐される前に、代替わりさせられた、らしいが。

「アッシュ、待ち人と会えたんだな？」

「アッシュ様、ご無事で」

　ノートがアッシュに深々と会釈したあと、俺に目礼を送ってきた。ここで名乗っている偽名をさりげなく伝えたことの礼だろう。用心しておくに越したことはない。ギルド内を見渡すと、造花を付けた男もピンク頭もいない。どうやら一掃《いっそう》されたようだ。

「おう、ようやく来たな」

　ピンク頭の件で、しばらく騒動の渦中だっただろうディーンが来た。

「ゴタゴタに付き合わせた詫びに一杯奢《おご》らせてくれ。そっちは？」

「お初にお目にかかります、ノートと申します。数年前まで執事をしておりましたが、冒険者になりました。アッシュ様にはご縁があって、押しかけ従者のような真似をしております」

「まあ、2人も3人も一緒だな」

酒場の隅のテーブルに誘われ、酒を飲みながら話を聞く流れになった。ディーンの肩には赤いトカゲがちょろちょろしている。どうやらディーンも精霊に気に入られる体質のようだ。

「妹は『精霊の枝』に連れていって、精霊落としをしてきた。落とした瞬間、ギルドで多数の気絶者が出たが、今は落ち着いてる。ギルドの恥になるからあんまり広めないでくれ」

「妹君はどうした？」

アッシュが尋ねたところで、ビールが来た。【鑑定】結果はグルートビール。エン麦、小麦、大麦の麦芽が材料で、香り付けはヤチヤナギ。ホップじゃないんだ？

「下っ端からやり直しだ。甘えた根性を直さないと受付には戻れねぇな。――『精霊のいたずら』は誰にも起こる。意図的じゃないならやり直す猶予《ゆうよ》はもらえるんだよ」

「精霊にとってはいたずらでも惨事《さんじ》になることもある。今回はディーン殿という身内が気づいて対処したから寛大な処置となったのだろう？」

アッシュの言葉はディーンとピンク頭に配慮しているようでいて、アッシュと俺の関わりを口止めする釘刺しだ。何か言えば、寛大な処置と周囲の理解が危うくなるぞ、と。アッシュは天然なようで頭は回る。仕事はできるけど、実生活がダメなタイプかな？　公爵家では買い物とか宿の手配なんかを全部メイドさんとかがやってくれそうだし、環境の違いだろうか。

「おうわかってる。そうそう、アッシュの金は戻るはずだからあとで手続きをしてくれ」

そう言って、ディーンがジョッキを大きく傾ける。大筋の話は終わったということかな。俺もビールを飲む。こっちの世界では、甘酒のような酒は保存食や栄養源の扱いで子供も飲む。でも酒場で飲めるのは15歳以上だそうだ。度数が高いのも置いているからだ。俺はこっちの年齢をクリアしてるが、日本では20歳未満なのでちょっと背徳感《はいとくかん》がある。

「俺も宿暮らしになった。妹と一緒にいるとどうしても甘やかしちまうから、両親を呼んで俺が家を出た」

ディーンがお代わりを注文しつつ言う。両親、特に母親に、ピンク頭をビシバシ躾《しつ》けてもらうそうだ。もともと母親のしごきが嫌でディーンのところに転がり込んだそうだが——ピンク頭、何歳なんだ？

「なかなかいい宿だから、今いるところがイマイチだったら紹介するぜ？」

「俺は色々作るから借家にした」

つまみはチーズとナッツ。ナッツはちょっと湿気《しっけ》てるのでせめてローストして欲しい。

「その宿、紹介してもらえるだろうか？　今いるところは居心地はいいが、出ねばならん」

アッシュがディーンの話に乗った。

「早いうちに借家を探そうと思っておりますが、２部屋を短期滞在でお願いできますか？」

ノートが微笑みを浮かべて補足する。ああ、アッシュが男路線で行くと、風呂とか色々問題が出てきそうだな。人目を避けるなら借家がいいだろう、俺も同じ理由で借家だし。

それにしてもこの店、料理がイマイチすぎる。ちょっと手間をかけたら美味しくなるのに。俺は飯を作って人に食わせる趣味はないんだけど、微妙な料理を食べると、本当にこれを美味いと思っているのか問いただし、比較対象として自分の好きなものを食わせたくなる。特にこんな風に、人と話しながら食事をしていると、その衝動が強くなる。

「ジーン、1回、中堅の冒険者に同行しねぇか？　こないだ一緒にいてわかったけど、お前はズレてる。普通を知っててズレてるならともかく、違うみたいだからさ」

と、ディーンに勧められた。目立って強くはないが、堅実に依頼をこなす人を紹介してくれるそうだ。これはありがたく受けた。明日の同じ時間に来れば紹介してくれるって。

「あとお前ら2人、変なのに引っかかんねぇよう気をつけろ。アッシュは変だと思ったら、眉間にシワ寄せろ」

「む？」

怪訝そうな顔をして眉間に皺を寄せるアッシュ。やっぱり癖になってるんだろうな。

「アッシュの眉間の皺には賛成だが、俺は別に……」

「お前らは顔がいいの！　変なのが寄ってくるの！」

なぜかディーンがぷりぷりしながら言ってくるのだが、俺は嫌だったら断るし、好みだったたら乗ってもいいんだが。いちゃいちゃしたいお年頃だが、自由を満喫したいのが上かな。ディーンの忠告は心に留めとこう。

カイナさんは昇進して忙しいらしい。窓口からギルドの運営方に異動したそうで、今日は姿を見かけない。ちょっと残念。

アッシュたちはこれからギルドの事務室に行き、ぼったくられた分の返還とか謝罪を受けるらしく、ここでお別れだ。行動範囲がかぶっているから、これからもちょくちょく顔を合わせるだろう。アッシュたちも借家か。金がかかって大変だな、俺が言うなだけど。

◆◇◆◇◆

俺はギルドの依頼票をチェックして、狩りに行くことにした。

本格的な冬を前に、毛皮の需要が高まってるようだ。あと肉。魔物化したウサギは冬もいるし、寒さに強いタイプの精霊が付いたヤツは通年活動しているので獲物には困らない。羽毛布団が欲しいから湖に水鳥が来ているかを確認して、あとはできれば狐を狩りたい。森の奥で狩ったデカイ狐の解体でお手本を見たいのだ。

門を出て、人目のないところまで歩いたら【転移】をする。湖はすでに、水の淀んだ端の場所に薄く氷が張り始めている。確実に寒くなってきている。

水鳥が岸から遠く離れた場所に何羽かいた。もう少しすると本格的に渡ってくるかな？　俺の家がある場所はうっすら雪化粧程度だが、カヌムは膝丈くらい積もるって聞いた。できれば雪が積もる前に色々狩りたい。さて本日は鳥を諦めて狐を探そう――どうしていいかわからないけど。ディーンから足跡や歯形で追う方法を教わったけど、狐ってどんな痕跡残すんだろ。

【探索】を使うと色々な気配がするが、狐かわからない。熊と狼、ウサギなど対面で覚えた気配を除いても色々だ。狐の気配、調べておけばよかった！

試しに近くの気配を探してみたら、洞《うろ》で冬ごもりの支度をしていたヤマネと目が合った。一つ一つ気配や痕跡を覚えていくしかないな。森を歩いて、正体不明の気配を確認していく。小鳥だったり、モモンガだったり、山鳥だったり、ビーバーが立派な堤防を築いてたり。

静かで冷たい森の空気が異界感を強調している。身体能力が強化されているので、体力を奪う寒さも冷え冷えとした風景も綺麗に感じるけれど。

そして結局、ツノありの熊と山鳥と雉《きじ》を狩って引き返した。

「よろしく」

「はい、ありがとうございます」

今回は丸々冒険者ギルドに売った。熊はツノの分こっちの方が高くて、派手な色の雄の山鳥は商業ギルドの方が高値だ。雉は矢羽根に使えるため、冒険者ギルドの方が高く買い取ってくれる。解体料が発生するので、なるべく部位ごとのバラ売りはしない方がいい。丸ごと売るかを解体前に確認してくれるので、この街は商業ギルドも冒険者ギルドも良心的だ。魔石があったら、魔石だけ欲しいと言われることが多いそうだ。

俺は今回、森で雉を解体して羽根を置いてきてしまった。雉は獲ってその場で腸を抜いておかないと、臭みが肉に移るって【鑑定】さんがおっしゃるから……。俺の【鑑定】は食うこと優先で表示されるので、矢の材料になるとかはあとにしか出ず、完全スルーしてしまった。

というわけで、雉はツノだけ売って、肉を美味しく食べる方向だ。さて、野菜を詰めてローストにするか、薄切りにしてしゃぶしゃぶか。とりあえずちょっと寝かせて熟成《じゅくせい》させよう。

——しゃぶしゃぶするには卓上コンロが欲しいよな。

今回はローストにしよう、窯はあるし。卓上コンロは無理でも火鉢《ひばち》ならいけるかな？　鍋をかける五徳《ごとく》と土鍋も必要か。工房にお願いしてみよう。鍛治も少し始めたいところだ。

借家の扉を開けて、中に入る。

一応、暖炉に火を入れて部屋にいますよアピールをして、家に【転移】した。

リシュが走り寄ってきたので撫でてブラッシング。ちょっと大きくなったかな？　精霊に触れる能力はモフるのメインだよなこれ。仔犬の毛はポワポワして柔らかいので今のうちにモフっておかないと。

夕食は蕪《かぶ》とベーコンのチーズリゾットと、冷たい水。暖炉の火がパチパチと音を立てる。テラス側は全面が窓でもペアガラスだし、分厚いカーテンが引かれて部屋は暖かい。誰《あ》かに《ね》いきなり割り込まれることもない自分の時間。これで推理小説でもあれば言うことないんだが。

外は雪の気配で、いつもより音が少ない。ゆっくりとした時間が過ぎていく。


翌日、借家に行くと中庭の草がぼうぼうだった。昨日は普通だったのになんか伸びたな。

仕方がないので草刈りをする。鎌《かま》はある。刈った草は乾いたら焚きつけにするため、隅に重ねてある上に新たに積む。家2つ分の掃除は面倒くさい！　今日は、商業ギルドにポーションを売りに行ったあと、冒険者ギルドに行く予定だ。

ポーション1瓶あたりの買取価格は、金貨1枚と小金貨1枚。小金貨3枚と考えた方がわかりやすいかな？　小金貨は金貨の半分の価値だ。金の量がそのまま価値になっているので、大きさ自体が半分だ。

ポーションの一般への販売は、金貨4枚が相場っぽい。瓶を返すと小金貨1枚が戻ってくる。普通はポーションを作るのに『精霊の枝』で水を買わなくてはいけないらしく、その値段が結構かかるようだ。しかも1日に買える量が決まっている。『精霊の枝』はどの都市にもあるそうだが、規模はそれぞれ。ここは魔物との戦いが多い辺境なだけあって、王都のような派手さはないが大きい方だ。『祝福された水』は精霊次第で、あまりとれないらしい。見てると、精霊が飲んだり水浴びしたあとの水盆の水が、『祝福された水』と言われてるようだけどね。

　精霊は流水の方が好きらしく、あまり水盆は使わないようだ。俺の家の水が祝福されてるのは、力の強い精霊たちに作られたのと、飲んだり水浴びをする精霊が多いのの両方だろう。

　あれ？　じゃあアズが使った水は……。まあいいか。

　気になって調べたら、俺の領地から流れ出ると普通の水になってるみたい。『精霊の枝』のものも、持ち出すと半日ほどで普通の水に変わるそうだ。ただの水に戻る時間は水浴び《しゅくふく》する精霊の強さにもよるようで、俺の領地の水も家の近くの方が濃い。

　そういうわけで、俺はポーションを大量に作れるし、元手が薬草くらいしかかからない。目立つのも嫌だから時々2本売って、2本の空瓶を返してもらってる。

　金貨、銀貨、銅貨の単位は、銀貨12枚で金貨1枚、銅貨12枚で銀貨1枚分。金貨、銀貨、銅貨はどこの国でも使える貨幣だけど、それだけじゃ不便なので、それぞれ半分の価値の小金貨、小銀貨、小銅貨と、4分の1の価値の四分金・四分銀などが国ごとにある。商業と冒険者の両ギルドが各地にあるお陰で、大体同じ価値になってきてるみたいだけど。同じ金貨でも最後の抵抗なのか、国王の似姿が押されてたり名前が違ったりするけど、大きさは一緒だ。

一番小さなお金は「モン」と呼ばれ、モンは12枚で銅貨1枚分。

豚の丸焼きは銀貨2枚くらい。

下水に豚が放たれてるのを知って、この街では絶対買わないけど。下水はトンネルになってて、太いところは用水路の両脇に人が歩ける通路がある。家庭から流れ込む水は一旦窪みに貯められ、水気はそのまま流れて、食べ残しやブツは窪みに溜まる。そして豚の登場。確かに豚は雑食だし、下水の掃除は必要だと思う。だが、誰なんだ考えた奴は！　そこはファンタジーらしくスライムとかにしとけよ！

なお、農家で飼育された豚の丸焼きは、小銀貨1枚分くらい高い。納得である。

借家を出て通りで売り物を見ては、その値段を覚えながら冒険者ギルドに来た。

「ツノありの熊は、大きいのならまるっと全部で、今は金貨1枚くらい」

「ジーン殿？」

入ったらアッシュがいたので、つい話しかけた。この季節の熊は毛皮の需要があるのと、薬の材料になる胃や心臓に栄養が蓄えられて買取価格が高いが、春になるとガクッと下がる。傷のないでかい毛皮が金持ちに売れるからこその金貨1枚だ。アッシュは大物狙いだった。

「ジーン殿、あとで時間をいただけないだろうか？　ポーション代などをきちんとしたい」

「あれは対価を求めて渡したわけじゃない——住処が決まって、生活が安定してからでいい」

「む……。すまぬ」

アッシュにも経済観念がついたのだろうか？　不本意そうだが受け入れてくれた。その後ろでノートが頭を下げている。頭下げてるのに仕草が優雅だな。基本、この都市の住人でない者は掛払《ツケ》いは利かず、前払いだ。家を借りるならそれなりにする。都市の外の人間は、家を買う条件もきついが、借りるのも5割増しにされるからな。ぼったくり宿の返金はされたとはいえ、その後も色々と物入りのはずだ。

「おう、来たか」

酒場のテーブルでディーンが手を振っていて、髭《ひげ》の生えた男もいる。中肉中背、ちょっとひょろりとしてる気もしないでもない？　みたいなおじさんだ。30前後かな？　いやでも肌の感じからすると見た目より若い？　おじさんぽく見えるのは髭と疲れたように半分閉じた目と猫背のせいかな？　どうやらこの人が、ディーンの言う「堅実な冒険家」であるらしい。

「こっちはレッツェ。レッツェ、ジーンだ」

ディーンに髭を紹介される。

「ジーンです、よろしくお願いします」

「あー、こちらこそよろしく。堅っ苦しいの苦手なんだけど普通でいいか？」

握手して挨拶を交わしたんだけど、なんかレッツェは緊張気味？　不本意そう？

「おい、ディーン。本当に俺でいいのかよ？　女と一部男と、他の奴らの視線が痛ぇよ。お前でよくねぇ？　こんな顔のいい男って聞いてねぇ」

「俺は1回台なしにしてるし。あんたみてえに丁寧じゃねぇの」

「灰色の髪の兄ちゃんといい、なんでこんな綺麗な顔が転がってんだよ」

なんか小声で言い合ってるのが丸聞こえなんだが。人型の精霊は美形揃いだからしょうがないだろう、それの平均だ。

「レッツェさん？」

「わりい、じゃあ行こうか俺は普通に依頼をこなせばいいんだよな？」

ちょっと呼びかけの声が低くなったか。で、ようやく俺の最初の依頼が叶うわけだ。

「まず、メインの目標だな。この季節は毛皮と肉が喜ばれるんはでかければ金持ちに高く売れるが、小さいのはそうでもない。労力かけて小さい熊を狩るくらいなら、楽に数を狩れるウサギの方がいい。んで、掲示板見て肉の値段チェックして、安けりゃ毛皮だけ持って帰って数を増やす」

ここの魔物化したウサギは冬に白い毛になるのがいるそうで、それは高いらしい。強い魔物ほどいいわけじゃなく、欲しがる人が多いものが高く売れるのだ。そもそもツノありよりもなしの方が肉が美味しいらしく、高く売れてたし。ツノありは肉が固いんだそうだ、毛皮は強い個体の方が綺麗なんだけど。

「んー。やっぱ熊の討伐報酬は下がってんな」

ああ、すまん。それは俺とアッシュのせいな気がする。薬草の買い値や森に生えてるキノコなどの値段を調べて出発だ。

街を出る前に水筒をエールで満たし、パンに肉を挟んで葉っぱで巻いたものを買った。水は森の川で汲むそうだ。街中は下水から色々染み出してそうだもんなあ。

それは置いといて、森で怪我をして動けなくなった場合を想定して、ナッツやチーズなど保存が利くものも持っていくそうだ。あとは傷薬や予備のナイフ、雨避け用のマントかローブ。ちゃんとこっちのマントは雨避けや防寒、夜寝る時の布団代わりだ。――雨が降ったら【転移】で帰ったり、食べ物は【収納】に常備していたんだが、調味料だけじゃなく保存食も普通の鞄に入れといた方がいいのか？　いざという時の人目対策にもなる。

ちゃんと冒険者ギルドに顔を出すのも、顔を繋いでおけば、いざという時に助けを得られる可能性が高まるからだそうだ。レッツェ、すごいマメ。

「よく観察して、草の倒れ方や分かれ方で獲物が進んだ方向を追ってく」

すみません【探索】任せでした。動物――ここでは魔物だが――の痕跡を読み解いてくのは、地味だが格好いい。つい手頃な棒を拾ってテンション上げてる自分は子供だ。腰に剣はあるんだけど、棒はまた別だ、うん。

この観察眼で見られたら、俺って行動がかなり怪しい人じゃないだろうか。ディーンの前で色々まずい行動をとったのではないかと思い返す。

「ウサギの足跡は、後ろ足が揃ってて前足はバラバラだ。前足より後ろ足の跡の方が大きい」

うっすら積もった雪の上の足跡を前に、レッツェが説明してくれる。

「これはなんか違うな？」

「直線の上を歩くような足跡を残してくのは狐だな」

おお？

「この足跡じゃ、魔物化してるかどうかを判断するのは微妙だけど、ウサギの方はツノありだ。雪に爪跡が付いてる。それを獲物としてるなら狐もやっぱり魔物化したヤツだろうな」

「狐を狩るところも見たい」

レッツェは腕のいい猟師——冒険者であるらしく、昼を前にして袋は始末されたウサギで半分埋まっている。普段は獲物を見つけると、荷物を置いては狩るそうだが、今回は俺が荷物持ちをしているのでレッツェは身軽だ。普通のウサギや狐ならば短弓で狩れるし、そちらの方が簡単だが、魔物化したものは矢が通らない。

「逃げずに向かってくるから、楽っちゃ楽だけどな」

「確かに逃げるヤツを追って、剣で仕留めるのは面倒そうだな」

その点、魔物さんはガサガサやってると向こうから寄ってきてくれる。襲ってくるとも言う。

そんなこんなで、普通の狩りを満喫した。うん、俺は絶対ソロで行こう。狐も狩って、解体も無事に見学した。係の人との軽口とか、ディーンといいレッツェといい、コミュニケーション能力が高いのをちょっとうらやましく眺める。束縛されるのは嫌だけど、姉に邪魔されまくった友達付き合いというのを改めてしてみたい気持ちもある。

「あんたヘンな男だな」

「変？」

ギルドに戻り、酒場でレッツェに一杯奢った。レッツェへの依頼料は、ディーンが持ってくれていた。すでに金貨草の場所を教えてもらってるのに、上乗せだ。

「普通はもっと派手な行動の方を喜ぶんじゃないのかねぇ？　ディーンみたいな豪快なやつ」

それは俺も得意です。むしろディーンより考えてないかもしれない。

「まあ、その細腕だと、俺のやり方の方が合ってるだろうし、無理しないのはいいことだけど。若いのに珍しいなってな」

そう言って、木でできたジョッキを傾ける。飲まない俺が言うのもなんだけど、穀物が残りまくりのものはともかく、すっきりしたエールはガラスか陶器で飲んだ方がよくないだろうか？　金属でもいいけど。

とりあえず、「細腕」発言は曖昧な笑顔でごまかした。おのれ、今日からタンパク質と筋トレか！

朝、リシュと一緒に山の中を散歩する。山の勾配を毎日駆け上がっては下りていれば、いい修行になるだろうか？

でも、山の森に生えたキノコや木の実、花、落ち葉、色々な変化を確認できるこの時間はとても好きなので、変える気はない。

家に戻って散歩のあとのブラッシング――は、精霊のリシュには必要ない。汚れないから。やるんだけどね、気持ちよさそうだし、俺も楽しいから。

「リシュ。氷と闇の狼、かつて我が主人だった者よ」

ブラッシングを終え、お座りを覚えたリシュに「お手」を教えていたら、ルゥーディルが気配もなく現れて、突然物言いをつけた。

「何を企む？」

次いでカダルが現れ、カツンと床に杖をつく。

「うふふ。前のリシュには近づけなかったから可愛い。でもちょっと疑っちゃうの、ごめんね」

ふわふわの緩い金髪を揺らし、可愛らしく肩をすくめてミシュトも現れた。リシュはまだ仔犬だからか、きちんとしたお座りは長くはもたず、後ろ足が乱れる。

「うん？　なんでしょう」

「これは力を失う前、大気を震わせ、大地を破壊した荒神だったのだ。自分の欲求を満たし誰の助言も入れず、前に立つもの全てを噛み殺した」

「アルファ犬だったのか、お前」

リシュの顔を両手で包んでぐりぐりとした。

「アルファ……？」

「アルファ――ナンバーワンのリーダーです。犬は群れのリーダーに従うものだし、リーダーには、群れの中に従わないものがいるのはストレスで、凶暴《きょうぼう》にもなる。人の理《ことわり》の中に入れるなら、人がきっちりリーダーになってやらないとお互い不幸です」

肩より上に抱かないとか、食事は人間が先とか。つい一緒に食べたり、寝たりとかしたくなるけど我慢。人のルールに沿って暮らすなら、リーダーは人でなければならない。

「リシュは狼よね？」「リシュは精霊なのだが……」

ミシュトとカダルの声がかぶる。

「狼も一緒です。精霊だと違う？」

リシュを揉みくちゃにしながら聞く。ごろんと転がって体を捻るリシュ。撫でるのはここか、ここが気持ちいいか。ルゥーディルが何か複雑そうだが気にしない。

「姿に性質が引っ張られる者もおれば、そうでない者もおる。記憶では、リシュは言葉を話し、知能も高かったはず。気をつけよ」

カダルはそう言うが、知能の高さと本能は違うからなんとも言えない。とりあえずリシュは可愛い。

「話し始めたら考えます」

リシュの横腹をぽんぽんと軽く叩いて、立ち上がる。仔犬の腹はまんまるだ。

「ありがとう、心配して忠告しに来てくれて」

リシュが力を取り戻す前に考えろと、わざわざ来たのはそういうことだろう。礼を言ったら照れたのか、カダルが消えた。

「気をつけてね！　貴女は私の大事な人なの」

ミシュトが笑って消える。小悪魔か！　まあ、「力の供給源」という意味だろうけれど。

「気高き孤高《ここう》の狼……」

ルゥーディルが呟いて消える。ルゥーディルはもうリシュのこと諦めた方がいいような気がするとと、じゃれつくリシュを見て思う。これで演技だったらびっくりだよ、孤高の狼。

さて、食事の用意をしよう。山型のイギリスパンを【収納】から取り出し薄切りにして、まだ温かいけど狐色にトーストする。

カリカリにトーストしたら、バターを塗って、甘酸っぱいスモモのジャムをたっぷり。分厚く切ってふわふわなのもいいけど、こっちもいい。

半熟の目玉焼きにベーコン、チーズ。生ハムのサラダ、温かいスープ。最後にコーヒー。ネルドリップにしてるけど、コーヒーオイルが浮かない。不思議に思って【鑑定】したら、こちらのネルはコットン１００％で油を吸着してしまうようだ。道理でペーパードリップと変わらない癖のない味がする。オイルが浮いてないことに気づいて【鑑定】するまで、味の違いに気づかなかったのは内緒だ。気分ですよ、気分。

ちらちらと雪の降り始めた窓の外を眺めながらくつろぐ。ここ数日、庭にも花や木を植えてだいぶ風景が変わったはずだが、うっすら雪化粧で庭と山の境界が曖昧になっている。

まだもらった植物を成長させる粉には余裕があるけど、さすがに雪の積もる庭で作業する気はない。暖かくなったらまた植えよう。

◆◇◆◇◆

さて、今日はバスタブの引き取りだ。そういうわけで、るんるんで窯元へ。

「こんにちは、できてますか？」

「おう！　よく来たな。無事できたぞ」

作業所の扉をくぐって声をかけたら、親方が笑顔で答えてくれた。ホーローのバスタブが出来上がって、足に金メッキが施され鎮座している。片方は俺の猫足のやつ、片方は足が貝殻型になってるやつ。注文した貴族に見せるのは貝殻型のバスタブだ。

「あとこれ、頼まれてたやつだ」

「おお、ありがとうございます！」

渡されたのは砂糖壺と塩壺。砂糖は乾燥すると固まるので釉薬を塗った壺に、塩は湿気ると固まるので風通しのいい素焼きの壺に。色を変えてあるけど見た目はお揃いだ。親方のお陰で台所用品も充実してきた。浴室を作る材料も揃えてある、ちょっと楽しみ。――って、バスタブどうやって持って帰ろうかな？　馬車か？　遠いというか別の国なんだけど。

とりあえず、貴族に出すバスタブを包装するというので俺のもお願いする。配送の馬車を手配し、バスタブを道の脇に持ち出して待つふりをば。運んでくれた職人さんたちには心づけを渡して戻ってもらった。忙しいからね、俺と一緒に馬車を待つなんてことはないのだ。

【収納】は便利だけど、大物を街中から持ち帰る時はちょっと面倒だったな。

借家の1階に戻り、せっかく貼ったタイルだけど、一部ひっぺがした。中庭も掘り返して、排水用の石管を台所のやつと繋ぐ。台所のも下水の臭いが上がってこないように作り直したので設置場所はわかってる。タイルを戻して、これで風呂の床は完成だ。壁はレンガの石積みにする。狭くて暖炉と近いので、木は怖い。

いっそ暖炉との間にオーブンを作って、風呂の壁に水をかけたら蒸し風呂になるようにしようかな？　こっちは蒸し風呂がメジャーみたいだし。借家の改造はあまり神々に還元されないようだけど仕方がない。【生産の才能】を使いまくって腕を上げているので許してもらおう。

羽毛布団も作らなくちゃな。羽毛を手に入れたら、肌触りのいい布を買ってきて縫《ぬ》わないと。

「ん？」

扉からノックの音。誰だろう？　両隣の家の人か、商業ギルドの人か。あとはアッシュ？

「忙しいところをすまない」

「どうした？」

アッシュで正解だった。手土産を受け取りながら招き入れる。

「ちょっと待ってくれ」

机を戻して椅子を勧めて、茶器を取りに行く。寒いので暖炉に火を入れて、湯も沸いている。家から持ってきた軟水を沸かして火にかけっ放しだったので、たっぷりある。カヌムは硬水なんだよな。ミネラル豊富で飲むにはいいけど、料理と風呂には軟水がいいと思います。

薬缶《やかん》欲しいな〜と思いながら、鍋に柄杓《ひしゃく》を突っ込んでカップに湯を移して温める、温めるどころか熱いなこれ。仕方がないので、ティーポットには冷めるように高い場所から湯を注ぐ。マナーなぞ知らぬ！　適温あるのみ！

「どうぞ、外寒いだろう？」

湯を捨てたカップをアッシュの前に置いて、お茶を注いだ。

「ありがとう」

「こっちもありがとう、早速いただく」

紙包みを解くと、素朴なタルトみたいなお菓子が現れた。皿とナイフを持ってくる。

「茶器といい珍しいな」

「ああ。こっちは銀の器が一番なんだっけ？」

「うむ、うちも銀器だったな。軍の遠征時や、多くの民が使うのは木製だな」

タルトは土台が固くてうまく切れなかったが、許してもらおう。

「銀も綺麗だけど管理が面倒そうだ。なんで流行ってるんだろうな」

壊れないからかな？　皿に取り分けてアッシュに渡す。銀器はすぐ黒ずむイメージがある。

「銀器はまず毒殺の防止、財力の主張、それに、マメに手入れを行う優秀な使用人を抱えていることの証明になるのだ」

鋳潰《いつぶ》して換金が簡単だしな、とアッシュが説明してくれる。銀はヒ素とか青酸カリで色が変わるんだっけか？　すごい、実用と貴族の見栄がない交ぜになってる！　あれ、これ毒味しなきゃいけなかったパターン？　公爵令息、じゃない令嬢。まあ今さらか。

タルトはどうやら酒と砂糖に漬けたイチジクが入っていて、果汁が生地に染みてて美味しい。生地をほろほろと崩れるものにしたら、もっと美味しい気がする。あとで作ろう。

「この街で食べた菓子で一番美味しい」

「ノートの勧めなのだ」

執事、有能だな。

「それで今日はどうした？」

「引っ越しの挨拶に参った」

「おお、家決まったのか！　どこだ？」

「ここの路地の右側だ」

むちゃくちゃ近所だった！

「人が住んでいた気がするんだが、引っ越したのか？」

「娘夫婦と一緒に暮らすことになったんだそうだ」

すごい偶然だが、前々から話があったのかな？　あまり交流がなかったのでわからない。

「その、すまん」

「なんだ？」

「ノートが見つけてきたのだ。ジーン殿の家を教えた覚えはないのだが――」

ぶっ！　裏工作的なあれがあったんですか!?

「なんでまた？」

「おそらく私が、ジーン殿と話す時に浮かれていたからかと」

……浮かれていた？　どの場面？　怖い顔に悪気がないのはわかるようになったけど、浮かれた顔ってどれ？

「いやまあ、いいけど。賃料高くないか？」

俺が探した時、同じ通りの家の値段を聞いたが、月々金貨6枚は固かったような……？

「件《くだん》の宿よりましではあるし、安全には代えられん。万が一、暗殺者などを差し向けられた場合、宿屋や貸し部屋では迷惑をかけることになる」

「なるほど」

真面目だな～と思いつつ、相槌《あいづち》を打つ。

「ところで一体何を作っているのだね？」

「風呂」

「風呂？」

また怖い顔になってるが、これはきっと怪訝な顔なんだろうな。

「風呂桶じゃないぞ？　見た方が早いか」

出来たばかりの風呂場に誘う。

「これは……。風呂なのかね？」

「ああ、まだ壁が乾いてないし扉が付いてないけど」

「見たことがない。美しい」

壁以外は触っていい、と言ったら、猫足のバスタブを撫で始めた。すべすべですよ。

「蒸し風呂もできるようにしようかと思って、暖炉とこの壁の間に石窯オーブンを作るかと」

「風呂に窓も贅沢だが、これはまた……。使ってみたい」

「出来上がったら試しに来ていいぞ」

作ったものはちょっと自慢したいのだ。アッシュは今日、前の住人が出ていって家を確認しに来たそうだ。一度内覧はしたようだけど、改めて確認しての値段交渉なのかな？

「俺も見に行っていいか？　この家は新築だったし、人が住んでた一軒家は見たことなくて」

この世界の「普通」の参考にしたい。俺の肩に乗ってきたアズを指先で撫でつつ聞いた。

「ああ、どうぞ。家具も何もないが」

そういうわけで、お邪魔することになりました。


「これはこれは、いらっしゃいませ」

アッシュの新居の扉を開けたら、気配を感じたのかノートが迎えに出てきた。

「申し訳ございません、何分このような状態なもので、お茶もお出しできません」

「こちらこそ、忙しい時にお邪魔して申し訳ありません。お菓子をありがとうございました」

ノートの先導で、家を見せてもらう。1階の窓は中庭に面した窓を除いて全て小さくて、高いところにあった。少し前まで馬や豚などの家畜を飼っていたらしく、名残で1階は住居になってなかったらしい。窓が小さいのもそのせいか？　治安の関係？　大通りに面した家は大体1階が店舗になっているし、寝室や居間は2階以上にあるのが普通のようだ。

横幅は違うけど、作り的にはほぼ一緒かな。1階に井戸のある中庭があって、奥の部屋と台所、2階と3階、地下の貯蔵庫。2階への階段は窓のある壁の反対側で、1階の暖炉が中庭の窓を1つ分潰している。俺の借家は最近建てられたんで1階に暖炉があったけど、元家畜小屋ということは、最初は1階に暖炉がなかったのかな？　中庭に煙を出すようにあとで付けたっぽい。それに、壁に棚がたくさん付けられている。

「機織《はたお》りをしていらしたらしく、紡ぐ素材や染色の道具が置かれていたようでございます」

見れば、床の一角に染料の汚れなのか、染みが広がっている。というか、俺が棚を眺めただけで、よく考えていることがわかったな？　執事、侮《あなど》れない。

「うっ」

だからなんで台所にトイレがあるんだよ！　あと腰かける石の台に、穴が空いてるだけの作りもやめろ！　臭い!!　下水に流すには合理的配置なのかもしれないけど、受け入れられません。これがこの世界の普通なら歩み寄りは終了します。

「そういえばジーン殿の家は、トイレが壁で仕切られていたし下水も臭《にお》っていなかったな」

台所の排水は、S字管のように途中に水を貯めて臭いが上がらないようにしたし、排水もトイレ経由で下水に流れるように繋げた。トイレもそのまま下水に続く穴だったのを改造した。蓋も付けたし、水桶を置いて都度ザパーンとやってもらえれば……。なお公爵家では、木の箱が椅子みたいになっていて、下に引き出しが付いてるものだそうだ。引き出しはその都度メイドが下働きを呼んで交換するそうです。

奴隷はいないものの、職の階級が細かく分けられてるみたい？　侍女になると水仕事はしないとか色々あるようだ。使用人のトイレは使用人用の台所の隅にあるらしい。アッシュはもちろん、ノートも行かない場所だそうだ。

「ジーン様のお宅を、私も見せていただいても？」

「え？　ああ、どうぞ」

こちらも見せてもらっておいて、断れない。次はノートが俺の借家を見にきた。

「これは……？」

「風呂だ」

木製の盥が使われているし、個人の家で風呂場なんて珍しいのだろう。ホーローのバスタブは、珍しいを通り越して他にないはずだし。

「完成したら、使用させていただく約束をした」

アッシュが伝えると、ノートの片眉がちょっと上がった。あ。やばい、女性だった！　すでに数日泊めているのと見た目とで、完全に忘れてた。

「出来上がったら、執事さんもどうぞ。珍しいだろ？」

「ありがとうございます。使用人の身分では遠慮するべきでしょうけれど、正直、興味がございます」

綺麗に一礼されました。危ない危ない。で、台所。

「おお。本当に臭いませんな」

「うむ、不思議だ」

「これは見習って、引っ越しを日延べしてでも改装したいところです。どちらの工房で頼まれたのでしょうか？　よろしければ紹介をお願いしたく」

「俺」

「はい？」

期待を込めてノートがこちらを見るが、俺だから。

「ノート、ここはジーン殿が自ら手を入れられたのだ」

「なんと！　――こちらの技術の、ギルドへの登録や公開などは？」

「してない。今からしよう」

この流れで行くと、俺があの家の改造を頼まれそうだ。改造は楽しいが、使用済みのトイレをいじるのは御免こうむる！

まあ、街が衛生的になるのはいいことだがな。飯屋に入ってあの台所を想像すると、正直、食欲が減退するし。

こうして、俺の特許もどきが増えたのだった。

4章　ご近所さんと羽毛布団

羽毛です。水鳥です。寒いです。やばい、布団の前にダウンコートが必要だこれ。

アッシュたちの引っ越し祝いに羽毛布団でも贈ろうかと思い、冬の湖に来た。俺の分と一緒に狩ろうかと思って来たのだが、これでもかってほど寒い！

寒ければ寒いほど、ダウンはきっと上質なはず、などと自分をごまかす。きっと犬や猫が冬毛になるように、鳥だって寒い方がもこもこだよね。たぶん。

弓を構えて狙いを定め、矢を放つ。

しゅるしゅると音を立てて、細い紐を繋いだ矢が湖に浮かぶ水鳥の1羽に向かう。実際にはしゅるしゅる音はしていない、なぜなら『サイレンス』をかけているから。最初はなかなか当たらないので大変だった。でも半日も経たないうちに当たるようになるんだから【武芸の才能】はすごい。矢に紐が付いていても軌道のぶれない強弓だが、引くのに不自由はない。【武芸の才能】を、身体能力の高さが後押ししている。

魔法で仕留めるつもりだったが、湖からの回収方法が思いつかなかったので弓に変えた。すぐに回収しないと、血の匂いに狂うのか共食いになり、あっという間に原型がですね……。さすが魔物。いっそ集まっているところに網を投げた方が楽かもしれない。ただ、どうも警戒してか、岸の方に寄ってこず離れたところで群れている。群れてる時は魔物も普通の水鳥も仲良く浮かんでるんだけどな。平和な光景が一転しての共食いはドン引きだ。原因は俺だけど。

細い紐を急いで手繰《たぐ》り寄せているが、今も血の匂いに引かれたツノの生えた水鳥が俺の仕留めた鳥を追いかけてきている。魔物なんだろうなこれ。このまま岸まで来てくれたら楽なんだけど、一定の距離まで来ると引き返してしまう。

獲物を引き寄せる系の魔法があると楽なんだけどね、もしくは自分が飛べるとか、水の上を歩けるとか。【全魔法】だと、「引き寄せたい」と思えば、知らなくても魔法が浮かぶらしい。精霊が何匹か、獲物を捕ってきてくれると申し出てくれたけど、断った。魔物は精霊に触れるので危険だからだ。精霊を積極的に食べるものまでいる。

そういうわけで、【転移】で家に帰って暖炉で温まり、また湖に戻っては、弓矢で水鳥を仕留めるのを繰り返している。水鳥は白色雁と呼ばれる白い雁だ。翼の先の羽根と嘴《くちばし》だけが黒く、あとは真っ白。――魔物だから目の周りが黒いけど、これは羽根が抜け落ちて皺が寄り、細かいイボの出た皮膚が黒いのであって、羽根じゃないからまあいい。

水鳥を仕留めるたび、その場で頭を落として魔物の餌にする。俺は凍りそうな冷たい川に突っ込む。鳥は体温が高いので、死ぬと残った体温ですぐ血が劣化し始める。なのでなるべく素早く冷やす。できれば血も抜いてしまいたいので流水に入れたい。冷やしたまま内臓を抜いて手で洗った方がいいのかもしれないけど、寒いから嫌です。狩るよりも大変。

羽毛布団のために、川の流れ込む湖で狩りをしている。

休憩を挟んでも思考能力が落ちてしまうところで終了した。量として十分だろう。【収納】に収めて、あとはゆっくりしてから作業をしよう。

家に戻って風呂を溜めた。薪が無限にあるのをいいことに、家の暖炉にはずっと火を入れてある。部屋は暖かだが芯まで冷え切って、体を温めるまで時間がかかりそうなので手っ取り早く風呂に入る。気づかないうちに水に触れていたローブの端が凍ってるし！　待ち切れず、溜まり切らない風呂に入る。お湯の温かさに手足の先が痛いような、カッと熱くなるような。そして痒《かゆ》い。急に血行がよくなったせいで、決して水虫ではない。あ、でもシモヤケになるかも。【治癒】があるから平気か。

風呂で温まり、湯気を上げる鉄鍋をかけた暖炉のそばでくつろぐ。家はいいね！　さっきまで暖炉のそばで伸びていたリシュが足元で丸まっている。

コーヒーを飲みつつ本を読む。羽毛布団を作るために王都に布を買いに行き、ついでに新しく購入した本だ。水車について書かれている。

俺の家の水車は、木製の羽根が横向きに付いていて、その上に水が落ちると回る仕組みなのだが、この世界には、建物の横で回るタイプの日本の水車みたいなのも存在している。糸を柔らかくしたり、縮絨や皮の加工にも水車の動力を使う。毛織物の仕上げで組織を密にする縮絨で、暖かいコートを作りたい。出来上がった頃には春な気がするので、あとででいいけど。

白色雁の羽根はクッションに、ダウンは布団にする予定だ。リシュの寝床の籠にも敷こう。薬缶とランプ、あとは陶器じゃなくて磁器の食器が欲しいな。革張りのソファとか。手を入れれば居心地がその分よくなるのは楽しいね。

商業ギルドに行ったら、アホみたいに金が入ってきた。バスタブと水回りの特許なのだが、まだ手付けの段階でなんかすごい。

アッシュたちの家の改装は、俺が立ち会って指導するという名目で、材料代だけで業者に施工してもらった。商業ギルドの商会員が見学についてきたのだが、その後しばらくはギルドの紹介で、アッシュたちの家に見学者が入れ替わり立ち替わりで10数人もやって来た。アッシュたちはなかなか引っ越せなくて困ったようだが、商業ギルドと石工ギルドがそれなりの対価を払って丸く収まったようだ。

追っ手がいる身として、家の間取りを知られるのは大丈夫なのかと心配したが、そもそもこの通りの家はほとんど同じ間取りなので、心配はあまり意味がなかった。他にもいくつか施工されると見学者が移っていったので、ようやく落ち着いてきたようだ。

そんなに臭いを気にしてたなら、早くなんとかしろよ、と思わんでもない。なんか香水とか、臭いをごまかす方向だったらしい。金のかからない方法としてはニンニクを齧《かじ》ったり塗りたくったり。やめていただきたい。

むしろ冒険者の方が、狩りのために臭いを気にしている気がする。逆に毛皮をかぶって獣臭くなるとか、肉食系の魔物が寄ってくるから！　と、風呂に入らん奴もいるらしいけど。

引っ越しが延びたことで、羽毛布団が余裕で間に合った。

「ようやく引っ越しだな。迷惑をかけた」

「いや、結果的に潤った。宿代を払っても釣りがきた」

ベッドや衣装箱など、大物の家具が届くのを待機中のアッシュたち。

「これは予告しておいた引っ越し祝い」

袋をアッシュとノートに渡す。壁を擦って穴を開けたりしたら中身が出て大変なので、袋に詰めてきた。階段狭いからね。

「布団にしては随分軽いですな？」

「ツノありの白色雁の羽毛で作った」

沈黙。

「最高級品ではないですか！」

ノートが珍しく声を強くする。

「白色雁というと、警戒心が強くてなかなか狩れないというあの……？」

羽毛布団の価値はピンと来なかったアッシュだが、白色雁の知識はあるようだ。

「ああ」

かくいう俺もわかってなかった。高そうだなーとは思ってたんだけど。結局十分な羽毛を得るために1週間も通ってしまい、アリバイと実績作りのために、冒険者ギルドでツノを、商業ギルドで肉を売ったら驚かれた。なお、羽根を取るだけなら春の水がぬるむ頃に、移動した雁の巣に残されてるのを取ってくるのがお手軽だそう。ただ、魔物は滅多に番《つが》わないので巣を作らず、ツノありの羽毛が高いのには変わりがない。

羽毛布団で金貨200枚越え、城壁内に一般の家が建つレベルだ。すごいね！ ——お肉もとっても高く売れました。一度に持ち込みすぎたせいで、そんなに保存が利かないのにこの量を誰に売ったら、とか、週に1匹なら足元見られず高く売れたのに！ とか聞こえてきたけど。

なんなら羽根枕も付けられる。持ち帰った分【収納】にたっぷりあって、酷いことになっている。もったいないからって、全部羽根枕やクッションにした俺もいけないんだが。他国に行って売ってくればよかった。ああ、今からクッションを売ればいいのか。よし、近々売りに行こう。

「引っ越し祝いにしては高価すぎるようですが……」

「高価だと知る前に贈ろうと決めて、自分で獲りに行ったからな。元手は矢と紐代くらいだ」

ローブも1着ダメにしたけど。今さら別のものを贈ろうとは思わない。

「ま、冒険者の特権だな。あとこっちは引っ越しを長引かせたお詫び」

「これは……？」

「なんでしょうか？」

現物を見ても何だかわからない風の2人。結果的に引っ越しを長引かせてしまったので、迷惑料に新商品の陶器製便座を持ってきた。――便座のお陰でまた引っ越しに影響が出そうになったのはご愛嬌だ。施工例を知りたい人には、取り扱ってる国のギルドを教えて終了した。時差でまた金が入ってくる気がする。

磁器はまだだけど、代わりにバスタブ以外のホーロー製品も作ってもらった。温度差に弱いところが玉に瑕《きず》だが、熱に強く直火でも平気だし、酸にも強いからジャムを煮るのにいい。

俺の借家の風呂も出来上がった。自分で2度ほど入ってみた、1回目はここの井戸の水、2回目は家の水で。断然、風呂は家から持ってきた軟水だ。薪で沸かしたせいか、家の風呂より柔らかい湯だった。蛇口を捻ればお湯が出る家の手軽さには勝てないけど。

「ジーン殿の家は別世界のようだな」

「変わっておりますが、嫌ではない――むしろぜひ取り入れたいですな」

家具や寒さをしのぐ薪は入ったが、まだ料理はできないアッシュたちを夕食に誘った。1階は自由に見たり触ったりしていいと告げた。2階、3階はそれぞれ鍵をかけてるけど。

1階は暖炉の前に、革張りのウィングバックチェアを2脚とダイニングセットを設置。壁に棚をいくつか作って、陶器を並べてある。

アッシュが珍しそうに触っているウィングバックは、背もたれに羽根が生えたかのような美しいシルエットの椅子というか1人がけのソファ。元の世界で欲しかったアンティーク型のソファだったりするのだが、暖炉のそばに配置してわかった。この背もたれの羽根みたいなの、火に近づいて顔の表面だけ熱くなるのを避けるための実用品だ。

なお、こっちの世界の椅子はベンチ型が主で、背もたれ付きは珍しい。このソファも登録しました。ふふ。家具職人の手伝いは以前したことがあったので、革細工師のところで色々学んできた。このソファは普通の牛の革だが、牛か馬の魔物を見つけてもう1回作りたいところ。

執事はダイニングテーブルや椅子が気になる模様だ。椅子は何脚も作って、座り心地に拘ったので褒めてもらえると嬉しい。

座面は羊毛フェルトを重ねて革張りにしてあるのだが、背もたれの角度と曲線がね！　思わず自慢するぞ、俺は。

「どうぞ」

ハムとチーズの盛り合わせと、蕪のポタージュ。

スライスしたパンとバター、オリーブオイル、スモモのジャムを入れた小皿。

白色雁のローストと焼き野菜、デザートにイチジクのクランブルタルト。全部テーブルに乗せて、用意完了。パンとスモモのジャムはともかく、他は一応この周辺で手に入るもので作った。パンはもうアッシュが家の小麦粉で作ったのを食べてるから、気にしないことにした。

「私が」

白色雁のローストを切り分けようとしたら、執事が役目を買って出てくれた。夕食にアッシュだけ向かわせようとしたのを俺が呼んで、アッシュが渋る執事を同じ席につかせた。

主人と一緒に食べるのは落ち着かないらしい。短く精霊に祈りを捧げていただきます。

「美味い……」

「チーズに蜂蜜ですか、覚えます。蕪のスープも絶妙ですな」

なんかアッシュは、「美味い」の一言以降は、怖い顔になりながら食べてる。

多分嬉しそう？　表情を読む修行が足りないのでよくわからないんだが、手が止まっていないので気に入ったのだろう。執事は本当に真剣に味わっているというか、同じものを再現する気満々なのか、一口食べては難しい顔をしている。

よかった、こっちで手に入るもので作って。危ない、危ない。蕪の上の方はなんか紫色をしていたり、おっかなびっくりだったけど。

白色雁は高いだけあって、美味しい。滲み出た脂をかけながら丸焼きにした。詰め物は数種類のキノコとハーブを炒めたもの。皮はパリッと香ばしく、肉は柔らかくジューシー。キノコは秋に山と森で採ったやつをオイルに漬けたものだ。

ディノッソ家でオイル漬けと塩漬け、干したやつの3種類の保存方法を教えてもらった。この台所の棚には保存食が並べてある。高いガラス瓶も並んでるのはご愛嬌。茹でた栗を干したもの、ナッツ類、干し果物、ピクルス。あとで海に行ってイワシを買って、オイルサーディンとかアンチョビも作るかな。

イチジクのクランブルタルトは丸いホールのまま机の上に。以前もらったものの改良版だ。「クランブル」は、小麦粉、砂糖、冷たいバターを混ぜてそぼろ状にしたもので、焼くとサクサクでほろほろと崩れる。今の季節なら材料を冷やし放題なので色々作りたいところ。でもアイスとかは暖炉の火をガンガンに焚かないと寒い。

冷蔵庫欲しいよ、冷蔵庫。あ、冬場に氷を大量に【収納】しとけばいける？

「嬉しそうだな」

「ああ、料理が美味しいと嬉しい」

アズが壁のそばの洗面器で水浴びをしている。本来ならば小さなテーブルと水差し、そして洗面器は顔や手を洗うためのものだが、ここでは精霊の食事兼水浴び用として置いてある。出入りする精霊には、来客がある時は同じ階への立ち入りを遠慮してもらっているので、2階にも同じテーブルと水差しが用意してある。

なお、火の精霊を代表に水を嫌うものもいるので、暖炉に火を入れている。水と火と植物があれば精霊の喜ぶものは大体網羅できる。そこからさらに暖炉より蝋燭が好きとか、水より炭酸水が好きとか、好みが分かれてくみたいだけど。

さて、タルトはどうかな？　俺が視線をやった気配を察したのか、執事が切り分けるために立ち上がる。丸いタルトにナイフを入れる――

「うを!?」

「何!?」

タルトの上にカラフルな何かがドスンと落ちてきた。赤い色と黄色、そして黒に近い青。落ちてきたのは精霊だ。精霊は興味を引かれたものによくイタズラをするが、興味のないものは

透過して触らない。ガラスや特定の金属など透過できないものもあるが、大抵のものは通り抜けられるので、そこにあることさえ気にしないのが精霊だ。だがたまに興奮して意図せずに触れたり、力を小爆発させて壊したりする。今の状態がそれですね。

「なんだろう？　温度差か何かかな」

タルトがあった場所に手を伸ばし、調べるふりをして、がしっと原因である精霊の頭を鷲掴《わしづか》む。乗せたのは木製の皿で問題なかったが、真上に落ちてきたのでタルトが潰れて四散している。赤と黄色は、アズを除く他の精霊が近づかないようにしてくれていた精霊だ。見覚えのないこの黒っぽいのが小爆発の原因だろう。

ちょっと唖然としている執事と、何か言いたげなアッシュ。

「替えとおしぼりを持ってくる」

ギリギリと精霊の頭を締め上げつつ、笑顔で告げる。赤と黄色よりも、この黒っぽいのは大きい。2人が手乗りサイズで、こっちは頭が俺の手に半分ほど納まるサイズ。小さいまま大きな力を持つ者もいるけど、大体大きさに強さが比例する。赤い小さな精霊はローズ、黄色い狐みたいな精霊はコーンだったかな。頑張ってくれてたし、あとで好きなものを用意しよう。

で、暴れているこいつは漬物の刑です。台所に行き、糠床の円筒形の容器に有無を言わさず突っ込む。こっちでも漬けようと糠床を分けて、まだ野菜は何も入っていない。ズボッとしたら一瞬大人しくなったので、そのまま蓋をして紐でぐるぐる巻きに。途中でまたガタガタし始めたけど、上に重しを乗せて動かないようにした。

容器から出られないのは、ホーロー製だから。ホーローは鋳物《きんぞく》にガラス質のものを吹きつけてできている。手を洗っておしぼりと替えのタルトを用意した。

「ああ、ありがとう」

席を外した間に執事が――たぶん、アッシュじゃないだろう――机を綺麗にしてくれていた。まとめて皿に乗せられた、崩れたタルトがもの悲しい。

「替わりにウォールナッツの蜂蜜漬けとクランベリーのタルトだ」

あの精霊、どうしてくれようか。ぎっしり詰まったウォールナッツの蜂蜜漬けとクランベリーのタルトはなかなか美味しくできていた。アッシュたちにも好評で、よかった。

それにしても、あの精霊は何をしに来たのか。ある程度力が強くなると、自我が強くなって使役されるのを嫌がるので、飼い主がいるなら相当だ。答えはすぐわかった。

「申し訳ございません」

「うん？　どうしました？」

ノートと食器を運び、台所で頭を下げられた。

「タルトを台なしにした精霊は、私の配下でございます」

糠漬けの容器をちらりと見て言う。容器がかすかに震えている。何か喚《わめ》いている気配がするが、精霊の声は聞こえない。聞こえるようにしていたら、煩くて家で寝てられない。リシュの声は聞こえるようにしているが、とても大人しくて吠えたのを聞いたことがない。狼って、遠吠えはするけど吠えないいんだってね。

「こいつの？」

「雪の夜《よ》の精霊、クインと申します。普段は人に気づかれぬよう少し離れております」

お前が飼い主か！！！　それにしても、なぜ2人はその場ですぐに言い出さなかったのか。

「……もしかしてアッシュは精霊《これ》の存在を知らないのか？」

「はい」

アッシュが黙っていた理由は、クインの存在を知っていたならば執事の能力を隠すため。知らないならば、俺の精霊に対する能力を執事に隠すため。——執事がアッシュがいないタイミングで言い出したことから考えると、後者で当たりか。

なんだろうこの主従。思わずまじまじと執事の顔を見る。パウディル＝ノート、アッシュの実家、アーデルハイド家の元執事。涼しげな白い顔、灰色の髪にアンバーの瞳。

「パウディルはアーデルハイドの分家、分家が本家を超えることは許されません。アッシュ様は、私の能力を精霊が見えるだけ、と」

見ていたら、執事が頭を下げて言ってきた。ああ、色味はアッシュととても似ている、って、俺がそれに気づいた、もしくは気づくと思って先に告げてきたのか。

「詮索する気はない。次に別のを連れてくる時は、最初は玄関から入れ」

糠床の紐を解いて蓋を開けると、精霊が飛び出して逃げていった。糠床はうまく透過できた模様。飛び散らなくて何よりです。

「こちらはまた個性的な匂いがいたしますが、塩漬けの一種でしょうか？」

「ああ、そのようなものだ。まだ肝心の具材が入ってないがな」

あとで蕪を漬けよう。

「ジーン様の家は、素晴らしく快適ですね」

「まだ手を入れたいところがあるけど、あとは手が空いたらゆっくりやってく予定だ」

執事が皿を洗って、俺が拭いて棚にしまう。台所と風呂、地下の貯蔵庫はカビ予防に漆喰を多めに塗ってあるので、印象が白い。壁を直すために、石の間の古い漆喰をガリガリ削ったのはいい思い出だ。二度とやりたくないけど。上の階を支える梁も細くて心許なかったので太くしたし、中は本当に最初とは別物になってる。

アッシュと執事が帰った。

イチジクのタルトの残骸は執事が持ち帰って、明日の朝、金がなくて市壁の中で暮らせない貧しい人たちに渡してくるという。床に落ちた分を人にあげるのは日本人感覚の俺としては気になるけど、この世界で食べ物は貴重なのだ。実際、この街には食うのに困っている人が普通にいる。甘いものは高いし「豚の餌になどしたら恨まれますよ」と言われた。

2人が帰ったあと、1階の火を落として3階の様子を確認し、家に【転移】した。

蝋燭は3時間ほど使えるものが銅貨3枚、もしくは四分銀1枚。大人1日分のパン代くらいするので毎日使うには贅沢だ。そういうわけで、一般家庭では夜は暖炉の明かりのみだ。

2階の床は木だが3階の床にはタイルを敷き、暖炉の炉床も広めにした。無人で薪が燃え尽きるまでつけっ放し前提なのは、しばらく煙突から煙が上がっていないと変だから。海のある国だと、油を入れた小皿にイグサの灯芯を置いた明かりが使われる。安い油はイワシとかの魚油だが、臭う上に煙が出る。次に鯨油《げいゆ》、多少臭いがましな程度。植物油はないみたい？　行灯《あんどん》の油を猫が舐《な》めちゃうね！　行灯ないけど。

陽が長いので明るいうちに働いて、節約のためもあって夜は早寝というのが一般的だ。

ローズとコーンを呼んで、家に転移させる。

あの主従、もう王都と公爵家の外なんだから、気にせずバラせばいいのに。執事にも、俺が精霊に触れることがバレたが、まあお互い様な感じだ。面倒なことになったら、せっかく改装した借家を捨てることになるが、大丈夫だろう。目立って、国から興味を持たれたらあの主従も嫌だろうし。俺は神々のお陰で直接言葉を交わさない限り、この世界の人が俺のことに興味を持続できなくなってるから平気。それでいて自由騎士の地位と領地は認められてるから便利だ。名を売って有名になりたいなら、最悪な状態かもしれんけど。

快適、快適。

リシュをわしわししながら考える。

日本にいた時は姉の妨害が多くて、幼い頃は学校の友達しかいなかった。無視はされないけど、休みや放課後に遊ぶ友達はいない感じ。高校は多少ましだったが、姉が両親を介して邪魔をしてきたため、やっぱり友達は少なかったように思う。姉に感化された友達からは俺の方から離れたし、姉の存在が面倒だと離れていった友達もいた。

いやこれ、友達未満か。友人と呼べる奴は片手に満たないくらいしかいないな。そいつらもこっちから求めれば助けてくれるけど、そうでなければ去る者は追わずで、俺がいなくなっても心配なんかしないドライな奴らだ。

こっちでの生活が落ち着いてきたので、友達が欲しい俺だ。

今のところ一番親しいのはディノッソ家のおっさんかな。妻子持ち。家庭があるし、距離的に借家に呼ぶのは無理だから、手土産を持って俺が行く一方だ。手土産のお陰で、奥さんと子供にも大人気だけど。

カヌムでの知り合いは今のところ、ディーンとアッシュ、レッツェ。あと商業ギルドの受付の女性、ディアナさん。

――ディアナさんとはどうも友達という雰囲気にはならない。油断すると婿がねにされそうで怖い。レッツェはだいぶ年上。ディーンは妹が付属。アッシュはお家騒動と執事が付属。

俺の狭い世界は普通が少ないぞ？　俺も人のこと言えないけど。なろうと思ってなるもんじゃなし、とりあえず淡く交流を続けてみよう。剣のお手本によさそうだし。ちゃんと買い物をして、街の人と交流すれば知り合いが増えるかな？　家で事足りるもんだから街で買い物をしてないことが、世間が狭い理由な気がする。人間関係は狭いけど、買い物の範囲は広い。


そういうわけで、海だ。港町だ。魚介だ。

この国の海岸線の先の隣国は、姉たちのいる国なので、情報収拾も少々。神々の話だと魔法を好き放題ぶっ放してるらしいので、国を越えて噂になっていないかと。噂がなければ、他に影響がないってことで安心できるし。他の精霊が守護する勇者には他の精霊から接触できない決まりらしく、ならばと光の玉に説教をしたらしいが、暖簾《のれん》に腕押しっぽい。

未だに考えなしに魔法をぶっ放し放題してるなら、多分そろそろ魔の森に影響があると思うんだよな。西の滅びの国や北の黒山の方が近いから、何かあるならそっちが先だろうけど。

ここは島に街の主要部分があって、橋が架けられた大陸方面にもはみ出るように街が広がっている。大きな帆船が入る港があり、他国と貿易を行っている。大陸側は地元の漁船が桟橋《さんばし》にたくさん舫《もや》われているが、大きな船が停泊できるような場所はない。突き出た島まで浅瀬が続くから物理的に入ってこられないのだ。

島の方は警備がきついが、大陸側は金を払えば出入り自由だ。商人や水主《かこ》の出入りが多い。朝市は活気にあふれ、威勢のいい声が飛び交う。いいものを安く買いたい買い手と、鮮度のいいうちに高く売りたい売り手。おこぼれを狙う猫と海鳥。樽に入れられ塩漬けにされる鱈《たら》。

早いよ！　もう塩漬けなのか！

新鮮なカタクチイワシ、マイワシ、牡蠣《かき》。手長海老、ロブスター。ここではあっという間に塩漬けや、塩茹でにされてしまう。新鮮なうちに加工や保存をしてしまい、市場で売るのはもちろん、あちこちに運ばれる。売るのは漁師の奥さんが多く、子供が手伝っていることもある。

さて、どうやって噂話を聞き出せばいいのかな？　「最近、お隣の国の様子はどう？」でいいのか？　いやその前に、こっちの人って、国どころか街にしか興味がない人がほとんどなんだよな。国を跨《また》いでの商売人なんて極《ごく》わずかだし、そういう商人は貴族同士の自慢の種になるような商品を扱う店が多い。国を跨いで流れていくのって塩鱈と塩くらい？

「またシュルムの奴ら、こっちの漁場荒らしたって？」

おっと、悩んでたら向こうから話題が。恰幅のいい露店のおばちゃんと、日に焼けた男が話している。シュルム――シュルムトゥス王国というのが姉のいる国だ。

「ああ、うちのも小競《こぜ》り合いで怪我して帰ってきたよ。なんでも勇者だか聖女だかがいるってんで、強気らしいね」

「勇者、聖女つっても、俺らにゃ恩恵ないしな。それどころか面倒事の原因だぜ」

「自分の国の人間にはお優しいんだろうよ。まあ、魔王なんかが出たら、アタシらも世話になるかもしれないよ」

「あだだだだだ」

魚を吟味《ぎんみ》するふりして聞いてたら、スリがですね……。ディーンやレッツェのように観察、警戒して気配を探るのができない俺は、【探索】の常時発動を練習中。スキルを発動してると、他が疎かになったりして結構大変。腕をねじり上げる方向とか知らないので、力任せに手首をこれでもかってほど握って、相手の骨がミシミシいってる気がする。

スリは数が多すぎて、衛兵だか警備兵も本気で捕まえようとしないし、騒ぎにもならない。住人にとっても日常茶飯事で、スラれる奴がぼーっとしてるから悪いとさえ言われるくらい。強盗やかっぱらいは住人に袋叩きにされたりもするけど、スリはどうも相手に気づかれずに仕事《ぬすむ》をする技術が賞賛され、捕まえても一発殴って放免ということが多い。

なので俺も郷に入っては郷に従えで、痛みに耐えかねて財布からスリの指が離れたところで蹴りとばして終了。蹴りとばされたスリは顔を隠して、悪態をつく間もなく逃げ出した。この市場《しごとば》で顔が割れたら次の仕事がしづらいからだ。

せっかく聞いていた噂話が終わってしまったので、こちらも退散する。姉の魔法の使いたい放題は未だやまず、精霊を使い潰している気配だ。

こっちの世界の魔王は、人間の王と同じく1人ではない。人が魔物を魔王と呼ぶ基準は、精霊の色が表に現れたツノありであること。強くなると、あの目の周りの黒いものが全身に広がったあと、次は憑いた精霊の色が現れて姿も変わる。精霊の方に近くなるか、憑いた生き物の姿に近くなるかはわからない。ただ人を厭《いと》うこと甚《はなは》だしい。

まあ、姉に使い潰されかかった精霊が逃げて、動物に憑いたら魔物化するだろうし、強力な魔法は強力な精霊を使うか精霊をたくさん使うかするから、アホみたいに魔王も魔物も量産されるんじゃないかと。聖獣と呼ばれる存在より、魔物の方がはるかに多いのは、気まぐれに取り憑くだけでなく、人間のせいで弱った精霊が力が抜けていくのを防ぐために動物《いれもの》に入るからだそうだ。神々情報なので確かなはず。

俺がこの世界で暮らし始めて数カ月。東西南北、魔物《なかま》のいる辺境に精霊が移動するには十分な時間が経った。寒いからまだ森に確認には行かないけどね！

さて、牡蠣だ。【鑑定】してノロウィルスがいないものを選んで買ってきた。こっちでは生食などしないだろうから問題ないんだろうけど、俺は生で食べる気満々だ。

他に、小さいけど脂の乗ったマイワシとかカタクチイワシを、加工用に少々。食料庫にもあるけど、旬のものが目の前にあったら買いたくなってしまった。ブラシで殻を洗い、汚れを落とす。軍手が欲しい、軍手が。牡蠣剥き用のナイフなんかないので、短いナイフを差し込んでぐりっと隙間に沿って上に動かす。ちょっと力がいるが、今の俺なら問題ない。当然養殖《ようしょく》じゃなく、ゴカイとかがこんにちはしても嫌なので、塩水で少々洗ってぬめりやゴミを取る。

レモンを絞ってつるんと、美味しい。

ポン酢と紅葉《もみじ》おろし、美味しい。

ウニと白味噌、みりん、マヨネーズ少々を混ぜたものを用意。焼き牡蠣、焼き牡蠣。

あれ、これ、上を炙るのどうしたらいいんだ？

……。牡蠣を並べて石を噛ませて網を上に置き、赤々と燃える炭を乗せました。ウニ味噌が焼けるいい匂い。半生《はんなま》、半生。残りはスモークしてオイル漬け。殻はあとで焼いて粉にして、ホウレンソウ畑の予定地に撒こう。

朝っぱらから牡蠣でお腹をいっぱいにし、殻を剥いてオイル漬けも作った。まだイワシの処理が残っているけど、【収納】してあるのをいいことに、ちょっとリシュと一緒に庭に下りて降り積もる雪を見ながらだらだら。ごろごろ用に寝椅子か失神ソファを作ろうかな。

それから借家に【転移】した。

転移先はいつも3階だが、下に降りるとものすごく寒い！　火の気がないんだから当たり前なんだが、寒すぎだ。

慌てて竈に火を入れる。ついでに作業場の暖炉にも火を入れて湯を沸かし、イワシを捌き始める。本当は井戸端でやるべきなんだろうけど、寒いので水は家から【収納】してきた。欲しい時に欲しい量を出して水道代わりにするチートっぷり。流しもホーローにしたいなこれ。

アンチョビとオイルサーディン。オイルサーディンもオリーブオイルに漬け込む前に、塩水に入れて1、2時間寝かせてから漬けると美味しくなる。タイム、ローズマリー、ローリエ、ニンニク、唐辛子《とうがらし》の量はお好みで。アンチョビはとりあえず塩漬け。こっちは発酵《はっこう》食なので、出来上がるのはまだまだ先だ。

手が魚臭くなったのでよく洗い、台所も掃除する。窓を開けて、寒いので作業場へ――いや、家に撤退した。駆けてきたリシュが納得いかない顔をして、指先の匂いを嗅ぎ始める。一歩後ずさってこちらを見上げるリシュを撫で転がし、ちょっと遊ぶ。

暖かい部屋に来たら、冷えた指先がぴりぴりする。出かける前に用意していた水炊きで昼を済ます。夜は残りの汁でうどんを作ろう。

コーヒーを淹れて、約束の時間までくつろぐ。午後は陶器屋と鋳物屋に頼んでいたものを取りに行く予定だ。

鋳物は、粘土の混ざった砂と、それを入れる枠を用意して、作りたいものの型を取り、空洞部分に溶けた金属を流し込む。冷やし固めて型を取り払えば、望む形の金属製品が出来上がる。まあ、そこから形を整えないといけないけど、そんな感じだ。

鍛治もやりたいが、水車をもう1個作ってからかな。今だと、小麦粉を挽いてる隣で羊毛の加工とかしちゃうような作りだし。そっちを稼働させなければいいんだけど。

鍛治のために、今はせっせと素材を集めている。黄銅——真鍮があったので、カンテラやランプはそれでいいかなと思っている。真鍮は銅と亜鉛の合金で、日本の五円玉がそうだ。

白色雁のクッションも高く売れたし、商業ギルドに登録した施工仕様の手数料的なものも思ったより多い。お陰さまで、冬の間に寒い思いをして狩りに行く必要もない。仕事は暖炉のそばでオリーブの枝とアシの茎なんかで籠を編むくらい？　あとは下着やら靴下やらを縫ったり編んだりもしているが。

工房を訪ねると、バスタブとトイレの便座の方はだいぶ順調なようだ。俺が最初に訪ねた工房だけでなく、街全体が好景気に沸いている。無理を通そうとする貴族相手で納期を短縮するために、街の他の工房にも仕事を回すことになったようだ。

俺としては流行りに沿って手広くやりすぎると、流行が去った時に怖いと思うけど。ホーローだけじゃなく、焼き物の方もだいぶ名が広まりブランドとして確立し始めたらしく、「大丈夫だ」と陶器と鋳物の工房の親父2人は言う。結局、鋳物屋と陶器屋は共同で色々やっているようだ。バスタブのホーローの焼き付けは、鋳物屋の炉じゃできないサイズだし。

「あ、流しもホーローで作って欲しいんだけど。あと洗面ボウル」

「な、大丈夫だろ！」

笑いながら背中をどんどんと叩かれた。

「おお、細っこいのに結構鍛えてるんだな」

鋳物屋のぶっとい腕で叩かれて微動だにしない俺を見て、陶器屋の親父が感心する。気分的には痛い、あと別に俺は細くない。鋳物屋の親父がむきむきで、陶器屋の親父の腹が出てるだけだ。……帰ったら牛乳を飲もう。

朝晩以外にも飲むべきだろうか。そんなこんなで、頼んでおいた鉄瓶《てつびん》と急須《きゅうす》、暖炉にかける鍋を受け取って、上機嫌で帰ってくる。今まで緑茶もティーポットで淹れていたが、これで落ち着ける。湯のみも用意してあるし。

さて、買い物ついでにちょっと冒険者ギルドにも顔を出しておこう。依頼票を見るだけでこの季節の需要がわかり、こっちの普通とのすり合わせが人と話さずにできるスポットなのだ。決して、筋肉をつけるのに手頃な運動を探しに行くわけではない。重ねて言うが俺は普通だ、日本の基準からしたらむしろ細マッチョだと思う。

この世界の住人がむきむきだったり、デカかったりするだけだ。

◆◇◆◇◆

「森の奥に、もう一度調査に行くべきだ！」

ギルドに入ったらなんか、酒場で金髪の男が熱弁を振るっている。冒険者なのに袖《そで》にフリルが付いた服、背の中ほどまでの金髪は青いリボンで一つに括られている。——そして顎割れ。フリルとリボンと顎割れの四角い顔がアンバランスだ。よし、見なかった。同じテーブルにデイーンがいた気がするが、気のせいだ。

「三本ツノは今回の調査では見なかったが、魔の森の奥はざわついていた！」

熱弁を振るう金髪から絶賛目を逸らして、酒を飲んでいるディーン。観察時間は短いが、絡まれるとハイテンションで色々聞かされそうなのは予測ができる。同意しないと長そうだし、同意したらもっと面倒そう。酒場とカウンターにちらほらいる冒険者もちょっと呆れたような雰囲気で、演説する金髪とディーンに視線を投げている。みんなに聞かせるためか、それとも通りかかったディーンをそのまま捕獲して座らせたのか。

「クリス、森の奥への調査隊の派遣は、2年に1回だ。三本ツノを見つけたんならともかく、依頼でもないのにリスクを負ってまで行かねぇよ」

面倒そうに答えるディーン。断ったという周囲へのアピールのためか、やる気がなさそうなわりに結構声が大きい。ん？　三本ツノ？　魔物のことか？

……。俺の【収納】に滞在中な気がするんだが。

「ただでさえ三本ツノは強敵！　三本ツノは黒に染まった魔物が現れる前触れ！　時を置いてさらに強くなってからでは遅いのだ！」

金髪がどんっとテーブルを叩く。この金髪ってもしかして、俺が初めてギルド《ここ》に来た時にディーンから名前が出た奴か？　その時に調査とやらに行ってたならば、金髪の主張は正解だ。

俺が島でサバイバルして、神々からレクチャーを受けて、家でゴロゴロしていた時間分、姉の行動開始とはズレがある。そして1人で魔法を練習してた時に遭遇した三本ツノ。調査での程度奥に調べに行くのか知らんけど、思い切り森にいた。

というか、強敵だったのかあれ。よかった、素材を売り払ったり加工に出さなくて。三本ツノのオオトカゲの皮とか、鎧にどうだろうと思ったんだけど、自重した過去の俺グッジョブ！ ただ単に革製品は自分で作る方へシフトしただけだけど。

狐の毛皮は寝室の床に鎮座してるし、染色しているのでバレないだろうけど、今履いているズボンもオオトカゲの革です。オオトカゲの皮は鱗《うろこ》のある爬虫類の皮よりも牛とか豚に近い感じ。三本ツノのものは伸縮の幅が広い。ズボンは膝の曲げ伸ばしが容易で扱いやすい皮だと思う。二本ツノはあんまり伸びないので、ブーツにした。ファスナー欲しいな、ファスナー。巾《きん》着《ちゃく》からもじってチャック、って、違う。オオトカゲは二本と三本混じってたな、そういえば。

「ジーン殿」

「おう。今帰りか」

熊を抱えたアッシュがいた。後ろで執事がお辞儀をしている。やっぱり運搬人は雇わない方向だよな、面倒だし。

「おお、熊狩り殿！」

金髪がアッシュに気づいて話しかけてきた。「熊狩り殿」って、おい。いや、熊ばっかり狩ってたんだろうけど。俺も気をつけよう。満遍《まんべん》なく狩ればいいのかな、この場合？ 狼を多めにしておけば狼狩りって言われるんだろうか。熊やウサギよりいい気がする。

「相変わらず不機嫌な殺し屋のようだが、君ならば調査の重要性を理解してくれよう！」

ずかずか歩いてきて、大仰《おおぎょう》な仕草でアッシュに同意を促す金髪。思わず執事を見る。アッシュとこの金髪、知り合いだったのか？ ゆっくり首を左右に振る執事。

「私はここでは駆け出し、判断するための情報も少ない。ギルドの決定に従う」

アッシュが答える。面倒な判断……いや、この場合は面倒な男をギルドに押しつけるうまい答えだと思うが、ここのギルドの判断とやらはイマイチ信用ならない気がする俺がいる。

おそらく金髪も、ディーンと同じ銀ランク。アッシュは毎日真面目に熊を狩って、ランクが上がっていたとしても銅ランクだろうけれど、実力は多分鉄以上だ。【探索】の要素が絡まない対人戦の実力なら、銀のディーンと拮抗《きっこう》するかもしれない。誰彼構わずじゃなくて、森の奥に調査に行ける実力がある者に話しかけてるんだろうな、この金髪。

「杓子定規《しゃくしじょうぎ》なことを言っていると……。――失礼、宵闇《よいやみ》のように美しい君はどなたかな？」

「宵闇……？」

思わず半眼になる、誰のことだ。

「うむ、ジーン殿は確かに宵闇のようだな」

感心して頷くアッシュ。俺か！

「単に髪と目の色のせいだろ、それ」

変な形容をしないで欲しい。笑いを噛み殺して震えてるディーン、あとで覚えてろ！

「ジーン殿というのか。私はクリス＝イーズ、銀の３つ星だ」

そう言ってフリル――じゃない、手を差し出してくる。袖につい目が行った。

「ジーンだ。青銅の星なし。一応登録はしているが、あまり活動していない」

「うむ。君の綺麗な顔に傷でもできたら、世界の損失だ。たとえウサギ相手であろうとも、苦戦するならこのクリスを呼びたまえ！」

このクリスさん、悪い人ではないが絶望的にズレている気がする。あと面倒くさそう。アッシュが何か言いたそうに挙動不審《きょどうふしん》だ。執事は静かに微笑みを浮かべている。

「あー。苦戦したらよろしくお願いします？」

視線を斜め上にずらした状態で気のない返事をする俺。机に突っ伏して笑ってるディーンはどうしてくれよう。この世界、衣食住はシビアなのに住人は変じゃないか？ ディノッソ家とか職人さんたちは普通だから、冒険者が変なの？

「勘だよ、このクリス＝イーズの！」

今度は、ギルドの職員を口説き始めたクリス。俺はアッシュを手伝うふりで戦線離脱した。

「勘、ですか。……少々お待ちください」

勘というフレーズを聞いて、呆れたのかなんなのか職員が奥に引っ込む。

「おい。勘なのか？」

そっぽを向いていたディーンが、真面目な顔でクリスの立つカウンターに移動してきた。

「勘だとも」

「あーもう、早く言え！　面倒くせぇな、今すぐか？　春で間に合うか？」

「春で間に合う、と思う」

胸を張るクリスに頭をガシガシと掻いてディーンが聞くと、クリスの言葉がちょっと弱い。なぜいきなりクリスの意見に賛同する流れに変わってるんだ？　勘が尊重されるの？

「クリス様に付いている精霊は、光の精霊らしゅうございますし、『天啓《てんけい》』を与えるタイプなのでしょう。ご本人も周りも見えてらっしゃらぬようですが、勘の実績があるのかと」

そっと執事が俺に耳打ちする。あー、精霊持ちなのか。こっちの世界には、精霊から恩恵を受けている人は、多いとは言えないが一定数いる。精霊の力はまちまちだし、日焼けしにくいとか髪色が赤くなるとか微妙な恩恵（？）もあるので、気づかないまま過ごす人もいるくらい。

精霊が見える人は少ない。ただ、いることは広く知られているので、身体能力にすごく恵まれてたり、クリスのように先のことをよく当てるのは恩恵として扱われ、無下《むげ》にされない。

見えてるのに見えない演技をするのは難しいので、借家以外では普段、精霊が見えないようにしてる俺だ。家の方でも名前を付ける時以外は、ちょっと怖い光景なんで見てないし。

「調査じゃなくって、確実に三本ツノと戦闘だろ？　俺も呼ばれるな、こりゃ。夕食は酒場《ここ》になっちまう」

諦めたように言うディーン。戦闘確実なら、銀ランクが2人必要ってことかな？

「ふふん、君はギルドに借りがあるそうじゃないか」

嬉しそうにクリスが言う。ああ、ピンク頭のせいでギルドからの依頼を断れないのか。

頑張れ〜。酒場の飯も屋台の飯も、冒険者向けにボリューム優先でしょっぱいので俺は避けてる。食い物に困らないのは贅沢なんだが。他の都市より肉が豊富なのは豊かな森のお陰だろう。塩漬けの肉はもちろん、ウサギの腱《けん》などは膠《にかわ》の重要な材料になるし、皮革も売れる。

代わりにこの都市は、小麦や鉱石などが少なくて買い入れてるようだ。市壁の外に畑はあるけど、魔物に荒らされる率が高くて痛し痒しみたい。野菜が採れない分、動物の内臓からビタミンやらの栄養素を補いたいのか、肝臓とかの生食の文化がある。環境を考えると寄生虫ががががが。魚どころか野菜も生食しないくせに、なんで肉だけ……。

「戦闘が確実なら、募集は鉄の二本ツノ討伐経験者あたりか？」

菌とかも心配してたんだが、こっちの住人、大抵の菌はなんのそのなんだなこれが。俺もこの体なら大丈夫なんだろうか……。試さないけど。

「いや、三本ツノは1匹討伐できればいい。長く森の奥にいるつもりはないのだ。ここだけではなく、他の都市のギルドや金にも動いてもらいたいからな」

「金ランクもかよ」

苦い顔をするディーン。菌のこと考えてたら、話題が金だ。

「森全体のあの雰囲気は普通ではない」

「氾濫《はんらん》か」

なんか深刻そうな顔をしている2人。金髪は先ほどより小声だが、アッシュに聞かせてるっぽい。考えなしに思ったことを話すタイプかと思ったら、色々考えてもいそうだとクリスの印象を修正する。アッシュの方を横目で見れば、考え込んで、怖い顔になっている。ちょっとビクッとしたのは内緒だ。視線を戻したら、ディーンとクリスが2人してアッシュを見て固まっていた。怖かったんですね？

しばらくしてアッシュと執事が提出した熊とウサギと狐の査定が終わった。クリスとディーンが職員に呼ばれていったところで、その日は解散した。

そして後日、俺はディーンに呼び止められた。

「借りのある身で頼みづれえんだけど、春に森の奥まで付き合ってくんねぇ？」

飯屋に連れ込まれ、料理が届いたところでそう誘われた。

「パス」

「早っ！　いや、表向きは荷物持ちだし、魔物との戦いはこっちに任せて逃げてくれても構わない。個人的には、森の奥で精霊の様子がどうなってるかをちょっと見て欲しいんだ」

「え～」

「まあ、返事はすぐじゃなくていい。アッシュからは参加の返事をもらってるし、見える奴が2人いた方がいいってだけで、強制するつもりもない」

アッシュが行くなら執事もだろう。精霊が見える人はすでに2人ですよ、言わないけど。聞くと、銀ランクということでディーンとクリスは決定。2人がメンバーを選んで、ギルド経由で依頼をする。今回はなるべく先を急ぎたいので、ある程度は自分で魔物を倒せて、荷物をたくさん持てる奴が欲しいというのがクリスの希望。ディーンはそれに賛同しつつ、荷物は自分でも持てるから、内緒で精霊を見て欲しいというのが希望。

鉄ランクたちを差し置いて、俺とアッシュに白羽の矢が立った理由がわかった。経験が豊富でも、熊を軽々持ち運べる者も精霊が見える者もそうそういないし。

調査は大抵、森の恵みの多い秋に行われるそうだが、今回は秋まで待たずに春に出る。もっと早く出たいらしいが、雪に覆われた森は効率が悪いので、春を待つのだそうだ。

金銭的な報酬はそんなに多くないが、ランクが鉄以上だと行くだけで星が1つもらえ、銅以下はランクが1つ上がる。俺は報酬には特に魅力を感じない。興味があるのは知識だ。森の奥の状態の「普通」をまだよく知らないし、どの程度の素材を売り払っていいのかも。

でも、長期間の野宿が嫌なんだよな。

メンバーはディーン、クリス、アッシュ、執事、レッツェ。クリスはよくわからないが、メンバー的には長時間一緒にいてもいいかな。野宿、野宿か〜。天幕——は徒歩には重すぎる。今の俺なら持ち運べるけど、人数分はさすがにかさばる。軽い皮を繋いでシートを作っておこう。木にロープを張って1カ所を引っ張り上げて、他の3点を地面に留めれば簡易シェルターになる。なるべく軽くて丈夫で、雨風を通さない革が必要だ。

結局俺は、ディーンの話を受けた。

片道5日、予備に2日の12日間の旅だ。江戸日本橋から京都三条大橋まで、徒歩で12日から15日だっけ？　じゃあ江戸を発って、駿河湾《するがわん》を見られるくらいまでの距離だろうか。街道を行くわけじゃないからもっと短いか。

水の心配はまずないし、森には食べられる魔物も多い。ただ、雨が降ると普通の獣も魔物も姿を消すことがあるので、それを踏まえて用意しろとのこと。

俺とアッシュの仕事は、食料と素材の運搬、自分の身は自分で守ること。中には全部の世話を焼かせる奴もいるらしいが、クリスとディーンは自分のことは自分でするそうだ。食料もちゃんと自分で用意したり狩ったりするので、俺たちは実質、帰りの荷物持ち要員。ディーン曰く、「自分でできねぇで、はぐれた時どうすんだよ」とのこと。

なのでまあ、食料は多めに持っていくとして、自分が快適に過ごせる荷物を揃えた。飲料水の革袋、料理用の鍋1つ、いや2つ。ナイフ、フード付きの外套《がいとう》、革の盃《さかずき》、皿。火打ち石に着火剤に松脂《まつやに》、スコップ。川があるそうなので、釣り針と糸。

ああ、補修用の針と糸も用意しよう。ロープと袋と……。軽い革のシートと外套、虫除けの塗り薬、保存食を作ろう。丈夫な手袋も欲しいな。寒いけど、調査に出る前にとりあえず森に行って魔法の練習かたがたオオトカゲを狩って、材料を調達しよう。よし！

――何か本末転倒な気がしないでもない。そう思いながら、冬の森でツノありのオオトカゲを積極的に狩った。二本が多いけどやっぱり三本もいる。

俺の狩ってる場所が森のどの辺なのか謎だが。地図の縮尺がピンと来ない。森の深いところには普通に三本ツノがいて、森に定住して人里に降りてくることはほぼないようだ。嫌いなものには寄らないタイプ？　ここは二本ツノの方が多いから、そこまで深い場所ではないと思うんだけど、どうだろう。

魔法の練習は寒いのでやめました。気配を探って、ツノありを出会い頭に倒すお仕事です。寒さが敵だ！　足元も悪いし、熱烈な感じのクリスでも冬を避けた理由がよくわかる。もっとも、初めの調査から戻ってすぐにギルドに再調査を要望して、一度却下されてるらしい。正確には貴族の指導をさせられて、ずっと保留《スルー》にされてたようだ。

２日間の指導のはずだったのに、隣の都市まで行かされたとか、やだね貴族。ギルドもまだピンク頭に憑いてた精霊のことでバタバタしてた頃だろうし。

ああ、ここで精霊を見てみるか。目を閉じて、目を開く。

途端に変わる世界。

半透明から実体と変わらない者まで、たくさんの精霊が周囲にいる。多くは家に来る精霊と同じだが、目が真っ赤だったり隈ができてる精霊がいる。総じて黒い。

これが憑くと魔物になるのかな？　その精霊のほとんどが、手足の先や顔の一部などが溶けたように消えかけていたり、すでに形を保てず小さく丸くなっていたりしていた。どこかが欠損している精霊は、他の精霊の体を取り込もうとしている。自分が失くした部位を。溶かすようにか食い破るようにかの違いがあるけど、狙うのは自分が失くしたモノ。力を落として記憶だけ残る者もいれば、焼け焦げるような感情だけが残り、それに支配される者もいる。

そう聞いた。ちょっとこれは嫌な光景だ。リシュと同じであれば【治癒】は効かない。リシュと同じように、癒す方法は契約して力を流す。

今まで時間を区切って——数を制限してたし、精霊の方が契約する気満々だったので特になんともなかったけど、本来「名付け」は気力を使う。力の強い、支配を嫌がる精霊には特に。その後は精霊を養うために魔力を使う。今まで魔力を食われているのは意識したことがないけど、それは俺の身体能力が反則的に強いからだろう。あと、魔力を消費するのに慣れてくると総量も増え、魔力の回復も早くなるらしいので、俺の能力の向上と釣り合いがとれてるのかも？

リシュにはわしわしもふもふ撫でている時に魔力を渡しているんで、俺の魔力が一番流れてるはずなんだけど、まだ小さいままだ。元気にはなったんだけど。さっき来たこの敵愾心満々な黒く染まった精霊は、今までの精霊と同じようにはいかないだろうな。まあ、やれるだけやるか。オオトカゲは必要以上に仕留めたし、今日の業務は終了だ。

「さて」

名付けると決めたものの、今まで精霊側から寄ってきてたので方法がさっぱりわからない。とりあえず、近くにいた精霊をむぎゅっと掴む。

「お前の名前は黒の一」

じっと見つめて名を告げる。ちょっと抵抗というか、名前を告げ終えるまでもがもがしてたけど、あっさり通った。どうやらこの方法でいいらしい？

「黒の二」「黒の三」「森の黄色の一」「黒の四」

追っかけ回して、片っ端からむぎゅっとして、名付けました。ぷりぷり怒ってたり、名付けただけで外へ放り出したら戸惑ってる風だったり、反応は様々だ。まだまだいるけど、低体温症が怖いので、ここでも時間を区切って撤退する。合間に寄ってきた普通の精霊にも名を付けた。もう番号忘れたんで、「森の」を付けて一からだけど。

トカゲと狐の魔物の素材を【収納】に追加。魔物も頑張れば「名付け」ができそうな気もするけど、襲ってくる者は倒す方向だ。これは自己満足のためにやっているので、全部どうこうする気は全くないし、俺の気分と好悪《こうお》で行動する所存。そういうわけで、明日も来るからな！

逃げたヤツ覚悟しとけ！

――家に帰って床に倒れ込んで、心配なのか、リシュに周りをぐるぐる回られました。

ちょっとセーブしようと思います。

そして本日は、調査の準備も兼ねてゆっくり生産だ。

オオトカゲの皮を鞣《なめ》す、そして染色。牛馬の皮は染色が難しく、鹿皮は簡単、トカゲは染料の種類によるみたい？　ただ、染まりやすい色が黒系なので、トカゲのせいなのか、魔物なせいなのかは微妙なところ。今回は藍染めを施した革に、松煙《しょうえん》と膠などから作った墨を染めて重ねた黒藍革にした。――青色を失敗したからだろう、とか言わないでください。

ライトノベルの主人公が、黒コート定番なのが大変よく理解できた。まだらになったところが目立たないように、色を濃くしていったらほぼ黒です。オオトカゲの二本ツノの皮は三本ツノのものに比べてあまり伸びないけど、こっちの方が軽かったので外套とシートはこれで作る。その前に油を入れて防水にしなくてはならないし、伸ばしたり乾燥させたりを繰り返して柔らかくする。出来上がるまで遠いのだった。

他に今から用意しないと間に合わないのは、料理に使うドライトマト、干し椎茸などの干し野菜やドライフルーツ。砂糖漬けのアプリコット、干し貝柱、燻製《くんせい》ベーコン、チーズ。甘いのも欲しいからブランデーケーキとキャラメルで固めたナッツバーを作るつもりでいる。こっちは出発する直前に作るので、今はまだ計画だけ。

準備を進めながら早朝にリシュと散歩をする。朝ご飯後に、森で精霊とのアハハウフフの追いかけっこ。森で大きな精霊を見つけ、疲れた時は昼までゴロゴロ。

空いた時間は生産、夜は家で精霊の名付け。飽きたら工房に顔を出したり、冒険者か商業ギルドに顔を出して、販売がてら人と話すという生活が続く。

「ディノッソ、暇か？」

今日はディノッソ家に遊びに来た。ディノッソ家の人たちは挨拶でハグしてくるので、ハグを返す。ディノッソと、黒髪の美人な奥さん、可愛い女の子、双子の息子。子供が6、7人いるのが普通らしいが、ディノッソ家は今のところ3人だ。

「これお土産」

遊びに行くと、歓迎して色々出してくれるのだが、ディノッソ家は農家としては裕福な方でも余裕があるわけではない。秋は薪割りや収穫の手伝いをしたが、冬場はできない。とりあえず現物返しということで、食べ物の差し入れは欠かせない。白色雁を5羽、ワインの入った皮袋1つ、フルーツケーキ1本。他に塩と砂糖を差し入れることもあるが、今回はウサギの毛皮だ。

「いつも悪いね」

「ありがとうございます」

にこにこと受け取るディノッソだが、あっという間に奥さんに奪われる。特に酒のガードが堅い奥さん。

「ああ、なんと儚《はかな》い……」

芝居がかった残念そうな顔をして、左右に顔を振るディノッソ。奥さんは完全スルーで、子供たちもフルーツケーキで騒いでいるのでスルー。

「何やってたんだ？」

「豆剥き」

莢《さや》ごと干してカラカラになった豆を、子供たちと剥いていたらしい。冬は大体、暖炉のそばでできる手仕事か、農具の修理をしているらしい。

子供の椅子を1つ借りて、俺も豆剥きに参加する。軽口を叩きながら剥いていると、フルーツケーキの乗った木皿が届いた。

「はい、お疲れ様、あなた。ジーン、ありがとう」

ぞんざいに接しながらも、奥さんはディノッソに色々なものを一番に差し出す。夫婦仲も家族仲もいい。時々お邪魔しては農業関係を教えてもらったり、普通の家族の雰囲気を味わう。俺の家族は普通じゃなかったので、この世界で軌道修正だ。

「ジーン、ありがと〜！」

座っている俺に抱きついてきたティナは、ディノッソ家の長女で8歳だ。

「ケーキ美味しい〜！」

「美味し〜い！」

「あああ!!　お父さんは許しませんよ！」

双子も奥さんも笑顔なのにディノッツォだけが慌てているのは、前回来た時に、ティナが俺のお嫁さんになると宣言したせいだ。

「あら、いいじゃない。生活力あるし、幸せになれるわ〜」

「ティナは大きくなったら、俺のお嫁さんになるって前は言ってたんだぞっ！」

「往生際《おうじょうぎわ》が悪いわよ」

「いや、俺もまだ結婚する気はさらさらないし」

どう考えても守備範囲外だし。

「まだだと⁉　娘の何が気に入らないんだ！」

ディノッツォが絡んできた。

「娘をどこにもやりたくないんじゃなかったのか。話をややこしくするな！」

「僕もジーンの家にお嫁に行く〜」「じゃあ僕も〜」

双子も参戦して抱きついてくる。なんだこの拘束具。

「だったらいっそ、俺も行く！」

「いらん！」

子供たちと一緒に抱きついてくるディノッツォを蹴り、足で制止した。今日のディノッツォ家はなかなかカオスで、奥さんはずっと笑っていた。

帰りに、干したトウモロコシの粉をもらった。こっちのトウモロコシは粒が8列に並んでいて変な感じなんだが、味はどうなのかな？　試食、試食。

玉ねぎのみじん切りを炒めて、ニンニクとマッシュルームのみじん切りも投入。鶏がらスープを加えて沸騰させたら、トウモロコシの粉を投入。木べらでかき混ぜながら火を通すと、どろっとしたものが水気をどんどん吸って木べらが重くなる。そこにバターとチーズ、塩胡椒を入れて混ぜ、バットに伸ばして冷やす。固まったら適当な大きさに切って焼く。

熱いうちに一つ。日本のもののように甘みは強くないけど、トウモロコシって穀物だったんだな～という味。素朴な味なので、トマトと生ハム、バジルを挟んでさらに幸せ。

うん、これも持ってこう。

それから、シートと外套を製作する。縫うための針は、三本ツノのツノから『斬全剣』で作った。細くするのはわりとすぐできたが、糸を通す穴を開けるので時間がかかった。気が急いて力を入れすぎるとすぐ割れるし。普通の針はオオトカゲの皮に全く歯が立たず、こちらの皮用の道具もダメだったので苦肉の策だったのだが、なかなか便利だ。

糸は蜘蛛《くも》か蚕《かいこ》の魔物のものがお約束だろうと思ったら、二本ツノのウサギの毛で紡いだ糸が普通に取引されていた。普通のウサギの毛の糸は、ほつれたり切れたりして弱いそうだが、これはかなり丈夫。なお、三本ツノの糸はふわふわと手触りのいい、糸というより毛糸だった。

とりあえず、四角く切ったものを真っ直ぐ縫い合わせただけのシートを製作。一応、保護色の方がいいかと思って、濃いモスグリーンだ。糸は白のまま。うん、いい感じ。

次は、フード付きでローブ型の外套を作る。寒い時は前を合わせて帯で締め、暑い時は前を開いて、戦闘時にずり下がらないよう、胸のあたりをブローチで留めるデザインだ。裾が広がるように襞《ひだ》を付け、ベルトも通せるようにした。柔らかいけど革だし、コートっぽい。コートでいいか。俺にデザインセンスはないけど、魔法がある世界だし、ファンタジーアニメのデザインをパクろう。いや、でも実用性――

結局、フード付きのコートにした。裾は折り目が突き合わせになった大きな箱襞で、開きすぎないように留め金を付けた。留め金などの金具は燻《いぶ》し銀、飾り金具を多めにしてちょっとだけファンタジー風。腰のベルトは2本にして、道具を入れる腰袋をちょっと付けた。

黒藍《くろあい》革のコートの出来上がり。おっと、袖口を締められるように、袖にもベルトを付けとこう。作業中は捲っておきたいし、寝てる間に虫とか入ってきたら困るし。ああ、裾もちょっと上げられるようにしとくか。小はともかく大は尻を隠したい。襞を広げたコートはちょうどいい気がするけど座った時に引きずったり、擦るのは困る。

まあ俺は、トイレの時は家に転移する気満々なんだけど。

……。

………。

アッシュにコートいるか、聞くか。

闇堕ち精霊との追いかけっこのせいで、オオトカゲの皮は大量にある。加工が面倒なんで、すぐに使えるのは少ないんだけど。

他に狐、蜘蛛、大白鳥、フクロウ、カケス、狼の二本ツノと三本ツノの素材も、気づいたら大量になってた。

森に行く時のために、黒藍革のコートの裏地に狐の毛皮を付けたやつを作ろうかと思っているうちに、春が来た。

5章　魔物だらけの森とキャンプ

そんなこんなで出発の日。

「おう、なんだ、お揃いか？」

冒険者ギルドで待ち合わせて、ディーンに言われた。ギルドの酒場には、ディーンとレッツェ、クリスがすでに揃っていた。

「多分？」

「なんでそこで疑問形なんだよ」

俺とアッシュと執事は、家が近いので3人連れ立ってギルドに着いた。アッシュに聞いたらコートは欲しいというので、浅縹《あさはなだ》色のコートを作った。藍染は繰り返し染めて青を作る。浅い染め色が浅縹で、ちょっと灰色がかった薄い水色だ。金具は金にしたし形もちょっと違うのだが、お揃いと言えるくらい似ている、のかな？　執事にも、試作した黒いローブに金の金具を足したものを渡した。「お借りします」と言われたので、調査を終えたら返却されるっぽい。

「やあ、久しぶり」

レッツェと握手を交わす。時々ギルドで会うが、話すのは久しぶりだ。

「宵闇の君、君が野宿や荷物持ちをするだなんて信じられないよ。辛くなったら言いたまえ、せめて荷物は僕が代わろう」

握手をしつつ、左手で背中を軽く叩いてくるクリス。

「ああ、ありがとう？」

俺はスルーして聞き流すことを覚えた！　野宿はともかく、荷物は平気だ。

今回は精霊が見えるようにしたのだが、クリスのそばには光の精霊とやらが確かにいて、ずっと彼の顎を撫でている。割れ目を指でたどってすごく嬉しそうな顔をしている。どんな反応をしていいかわからない。いや、見えるのを隠すのだから、反応しなくて正解なんだけど。

でもアッシュと執事は、精霊が見えるんだし、このこと知ってるんだよな？　見えてたんだよな？　なのに表情が変わらないって、どんな表情筋してるんだよ。

「おお、月のごとき君も！　今日は雲に隠れているのが残念だよ」

今度はアッシュと握手するクリス。月……？　ああ、でもなんとなくわかる。眉間の皺がなくて目つきの悪くないアッシュは、クールビューティー系だ。――それでも女性には見えないが。

クリスも、眉間の皺がないアッシュを見たんだな。ディーン曰く、クリスは男女・人モノ構わず、綺麗なものにはこの調子らしい。それはともかく、クリスの顎を撫でる精霊に目が行ってしまうんだが、どうしたら。俺が〝割れ顎スキー〟みたいに思われる恐れが！

「皆様、今回はよろしくお願いいたします」

久しぶりのカイナさん。全員集まったのを確認して、声をかけてきたようだ。

「ジーン様も、以前ご迷惑をおかけしたのに、ご協力いただいてありがとうございます」

全員に一言ずつ言ってくれる。俺は【転移】もできるし、深刻な任務ではないのだが、森の奥の調査は危険が伴う。一人ひとり挨拶してもらえるのは嬉しいんじゃないか？　美人だし。

クリスがカイナさんを讃え始めたのを聞き流しつつ、これからのことを考える。必要そうなものを色々詰めてきたので、俺の荷物は「キャンプしに来ました！」みたいな状態だ。背負うタイプの鞄というかリュックを自作したし、上には畳んだシートにクルクルと巻いた寝袋もどき。持ってきた食料に不足はないだろうか？

「ジーン様、帰ったらぜひ、その鞄の仕様書をお願いいたします。こちらはギルドからです。

……ご無事を」

カイナさんが、俺にもう一言付け加えた。それからポーションを1瓶ずつもらって出発だ。

「ジーンの鞄はなんかすごいな、革かこれ」

「上に巻いてあるのはなんだ？」

ディーンとレッツェが興味深そうに聞いてくる。

「ああ、鞄は革で自作だ。上のは布団」

布団の外側は、二本ツノより重いけど、伸びるしちょっと弾力がある三本ツノの革。内側は羽毛布団にも使った目の詰まった布だ。形はただの正方形で、半分に折って使うつもりだ。

みんなの荷物を見ると、肩掛け鞄と袋？　袋……。そういえば狩りの時に魔物を袋に入れて運んだけど、袋なの？　旅支度も袋なの？　それすごく持ちにくくない？　レッツェと執事の袋は背負子《しょいこ》みたいなのが付いてるけど。

「魔物が出た時に邪魔になって、不便ではないのかね？」

アッシュが興味津々という顔――少々眉間に皺が寄って怖い――で聞いてくる。

「いや、戦闘時は荷物が揺れて、体幹がぶれずに済むのではないか？」

「単純に重いだろ、すぐ投げ捨てられねぇと」

クリスとディーンが話している。この荷物、ベルトを繋ぐ金具を押せば簡単に外れるんだが。日本で使っていた、上下のボタンを押すと外れるバックルと同じだ。金属で作ったので少々力がいるが、俺の握力なら簡単に使える。横と下部にベルトを付けて広がらないようにまとめているが、ちゃんと熊が入るサイズまで大きくできる鞄だ。行きは食物が入っていていっぱいだが、食物を胃に収めたあとは熊だって入れられる。

「今も進行の邪魔になる風ではないな。むしろ私たちの荷物の方が妨げになる」

クリスが視線を投げてくるが、俺の方は、彼が話すたびに変化する顎のラインにうっとりしている精霊の方が気になる。

「戦闘はディーンとクリスの担当だし、問題ないだろう？　荷物持ちにこの機能は嬉しいぞ」

レッツェはディーンだけでなく、クリスとも付き合いがあったようだ。何度か荷物持ちとして、クリスの魔物狩りについていったことがあるそうだ。

「もちろん宵闇の君に、危険な戦闘などさせないとも」

高らかに宣言するクリス。一応俺の腰にも剣がぶら下がってるんだが、見えてるだろうか？

「実は、経験の浅い君をディーンが連れていくと言い出した時は心配したのだが、色々知識はありそうだな。ディーンとクリスでも魔物の取りこぼしはあるから、気をつけろよ」

「レッツェ、こいつ熊を狩るぞ？」

「うむ」

「え？」「は？」「……」

熊が狩れるというディーンの言葉に対して、肯定したのがアッシュ1人だけって、どういうことだ？　「……」だった執事は、微笑の仮面をかぶってて反応がよくわからんけど。

「そういえば最近、ギルドに売りに行ってなかったな」

レッツェは俺が噂になってた頃は、ギルドに出入りしていなかったようだ。クリスは貴族の依頼で街から出ていたし。

「……熊を背負って帰ってくるので有名な新人は、アッシュ君では？」

「最近はそうかもしれんが、そもそもはジーン殿だ」

「ある程度できるとわかってなきゃ、ギルドだって同行を許可しねぇだろ」

探るように言うクリスに、アッシュとディーンが答える。

「「……」」

納得いかない顔で俺を見るのはやめろ！　特にクリス！　顎の精霊が笑えるから！


川に沿って森の奥へと進んだ。急な勾配がないため、流れは穏やかだ。調査は2年に1回の頻度とはいえ、人の歩いた跡があるので思ったより歩きやすい。

「おー、そろそろ昼にしようぜ」

「結構進んだな。天気がよくって助かった」

ディーンとレッツェ。川辺で昼休憩をとる。昼ご飯はそれぞれに持ってきた弁当だが、パンに肉を挟んだだけのものが多い。

「トイレついでに薪を集めてくる」

なお、荷物は持っていく。ここで魔物に襲われて分断されても厄介だし。他の人は肩かけ鞄のみにして、大黒様のような袋は置いてくみたいだけど。クリスとレッツェは居残りで、荷物番と火熾しをするための場所を整えたり、薪拾いをする。この辺は熊以上の魔物が出ないので別行動をしてるけど、奥に進んだらクリスかディーンのどちらかと行動することになる。

「リシュ」

家に戻ってトイレのついでにリシュを撫でて、また森に戻る。早朝に単独行動の自由時間をもらっているけど、反故《ほご》にされてついてくると言われたら面倒だな。トイレを済ませて真面目に薪を拾いながら、そう思った。

お？　野生のアスパラガス発見。紫がかったひょろりとした芽が真っ直ぐ伸びている。小指の半分の太さもないけど、結構生えてる。

もう少ししたら、アスパラソバージュが採れるのに、と執事が嘆《なげ》いていた。アスパラとは別なものらしいが、どんな味がするんだろう。旬は4月頃からだそうで、まだ先だ。その頃になったらちょっと探してみよう。

セイヨウフキも発見。こっちではバターがこの葉に包まれて売ってる。片頭痛、鼻づまり、花粉症、尿管の炎症などを改善させる効果があるけど、急性肝炎や肝不全になる可能性もあるとの【鑑定】結果だ。危ない、フキノトウの天ぷらとか頭をよぎってた。今回はアスパラだけで満足しよう、撤退撤退。

元の場所に戻ると、すでに火が熾っており、執事が湯の準備をしているところだった。この人数なら、夜はともかく薪はそれぞれ少量拾ってくればいい。

「ただいま」

薪が置かれているところに、俺のとってきた分を置いて弁当の包みを出す。コートのお陰で動いていればそうでもないのだが、まだまだ寒い。体を温めるスープやお茶は欲しいところ。まあ、そのために執事が湯を沸かしてるんだが。

「これはお茶用？」

「はい、そうでございます」

俺も鍋を出して湯を沸かし、乾燥させた鶏肉と玉ねぎ、椎茸を放り込み、塩胡椒。玉ねぎと椎茸は角切りにして干してあるので切る必要はないし、鶏肉も手で簡単に千切れる。

あとは放置で、弁当を開ける。カツ、卵、チーズとハム、ソテーしたキノコと牛肉のサンドイッチが油紙に包んである。冷めても美味しい唐揚《からあげ》。

「お前の昼、やたら美味そうなんだが……」

「食ってもいいぞ。少し多いし、もたないだろうし」

パンの大きさ的に全部2つずつになっているので、俺1人では食べ切れない。

「って、お前ら全員⁉」

手があちこちから伸びてきて、それぞれ1つずつ持っていく。さすがに俺の分が足らぬ！

まあ、唐揚食えばいいか。

「なんという柔らかさ！」

タマゴサンドを持っていったクリスが声を上げる。こっちのパン、固いからもそもそしてるよね。オリーブオイルをたっぷりかけて食べるの前提なのかなんなのか、いや、保存のしやすさが前提か。あと、麦の種類と質だな。こっちの食習慣は、まず余すことなく食材を利用していかにカロリーを摂るかだし。

「俺はパンは固い方が好きだけど、この肉うめぇな」

「美味しいのは同意する」

「この周りのなんだ？」

「パン粉」

ディーンとアッシュが食べているのはカツサンド。こっちにもパン粉はある、正しくは日を置いて固い上にも固くなったパンを、粗く擦りおろして煮込む料理がある。

「パン粉でございますか？」

「正確には、卵と小麦粉を豚肉に付けて、さらにパン粉をまぶして揚げてある」

作るつもりなのか、聞いてきた執事に答える。こっちでは、大体暖炉で調理することが多くて、揚げ物は少ない。フライパンで作るカツレツみたいな薄いやつはあるから、馴染みがないわけではなさそうだけど。分厚い豚ロース、粗いパン粉。揚げたてはサクッとして中の豚肉はジューシー。パンに挟んで一日置いたカツサンドは、カツの衣からソースを吸ってパンも豚肉もしっとり。歯を立てるとプツリと豚肉が噛み切れる。カツより、多分オイスターソースを作る方が大変だぞ、と心の中で思う。

俺は【転移】で海の街に行って牡蠣を買ってきたけど、こっちで普通に手に入れようとしたらどうなるだろう。というか、牡蠣の存在自体知らないんじゃないだろうか。この世界の旅は気軽にできないし、生物《なまもの》の食文化は自然に地域ごとになる。領主が違う土地に入るたび、門を通り、橋を渡るたびに通行税が取られるし。ランクが鉄以上の冒険者や商人は通行税を免除されるのが一般的だが、やっぱり領主によるところがあるそうな。魔物の少ない土地は冒険者からも税を取ったり、同じ領主でも結構変わる。裏を返せば一般の旅人からは搾《しぼ》りとるだけ搾りとるところが多い。大事な税を納める働き手が、都市から都市へと移動してしまっては困るからだろう。農民は土地に縛りつけられているのだ。

スープを飲みながら唐揚を食べる。

「これも美味い」

「鶏肉かね？」

「これも油で揚げたやつだな」

料理についてよく喋るのはディーンとアッシュ。作り方を聞いてくるのは執事だ。なんかクリスとレッツェは、途中から黙り込んでずっとモグモグしている。目の焦点が若干合っていないっぽくって、ちょっと怖い。

ずっと歩きっぱなしの予定なので、下味は結構がっつり付けてある。塩胡椒、ニンニクと生姜《しょう》《が》、魚醤《ぎょしょう》とブランデーを少し。魚醤はアンチョビを作った時の副産物だ。【転移】という反則はしているが、一応、こっちの食材で作れるものしか持ってきていない。なお、品質については考えないものとする。

うん、揚げたてにはかなわないけど、唐揚も美味しくできた。


行軍を再開した。俺はさっきから執事の足運びを真似して学習中だ。

執事の装備は、俺が貸したフード付きのロープコートの下はスーツで、足首までを覆う革靴――略式の乗馬靴を履いている。その格好で、裾を汚すことなく森の中を歩いている。さすがに靴は汚れているけれど、俺ほどじゃない。

ちなみに靴の汚れ具合は、俺、ディーン、レッツェ、アッシュ、クリス、執事の順で酷い。

ディーンの靴はごついブーツで、踏みしめて歩く感じだ。それぞれ靴の種類や歩き方に拘りや差があるけど、俺の足運びが下手くそなのは間違いない。

執事の武器は、エストックっぽい細身の剣。レイピアのように優雅な感じで扱うくせに、鋭く硬い刃がしなることもなく獲物を突き刺す。

最初の話の通り、ほとんどの魔物はディーンとクリスで倒してくれるのだが、他のを相手にしている時に、イタチの魔物が戦闘の音に驚いたのか飛び出してきた。そのイタチを目のところから喉までサクッと貫通させて倒した執事。なかなかエグい。

俺の戦い方はディーンに近いので、ディーンの足捌きを学習すべきなんだろうけど、執事の服が汚れないのがうらやましいのだ！　なので移動のお手本は断然執事です。

「こっから先は狼が多くなる。熊より弱いけれど、群れるからね！　私たちに頼らずに、逃げるなり戦うなり自分の身を守ってくれたまえ」

「はーい」

「うむ」

クリスの注意に返事をする俺。アッシュも。

少々暑苦しくて無駄に漲《みなぎ》った感じのクリスだが、面倒見は悪くないし気遣いもしてくれる。

熊率が高くなってから、ディーンとクリスの袋は俺とアッシュが担いでいる。もう本当に、なんで袋なんだろう。サンタ？　重くはないが持ちづらいことこの上ない。面倒なんで、袋を紐で縛り、肩にかけられるようにした。大丈夫、この世界で亀甲《きっこう》縛りは知られてない。

「――その結び方を教えていただけますか？」

すかさず、知識欲満点な執事からのお願い。

「俺も頼む！」

とレッツェ。結果、全員で荷物を亀甲縛りにするというシュールなことに。俺は悪くない、悪くないはず。

「おっと、団体さん！」

ディーンの視線の先に、６匹ほどの狼の群れがいた。様子を窺いつつ、じりじりと距離を詰めてくる。１人あたり1匹かと思いながら眺めていると、リーダーらしい狼が地を蹴ると同時に、他の狼も狙い定めて襲いかかってきた。なんで俺に3匹くるかな？　一番隙だらけで弱そうってことか。肉食獣が狩りをする時、草食獣の子供を狙うのと一緒ですね、わかります。

「ジーン！」

「はい、はい」

レッツェの切迫した呼び声に返事をしながら狼を斬る。踏み込んで下から斬り上げ、まだ空中にいた狼の喉元を一閃《いっせん》。そばに着地した狼を返す刀で斬り捨てた。別の１匹が再び飛びかかろうとタメを作ったところを斬りつける。『斬全剣』じゃないので刃こぼれが心配。力とスピードに任せて斬ってるだけだからな。一応、首を狙ったものの、２匹は背中側から骨を斬ることになった。飛ぶのを待って柔らかい喉笛を狙った方がいいんだろうか。

「……って、本当に強ぇぇ!?」

レッツェに驚かれた。

「宵闇の君……。君が隙だらけなのは、この程度なら警戒するまでもないからなのか！」

クリスが過分な褒め言葉を投げてくるが、不正解。単に警戒するのに慣れてないだけです。

「戦いに慣れてなさそうだし、その見てくれで剛剣《ごうけん》だし、ほんと見た目の印象裏切るよな」

ディーンが呆れた顔をして言う。慣れてないのは正解だ。今は身体能力の高さに任せて対症療法――じゃない、目視してから対応するので間に合っている。だが、俺より速い敵が出てくる前に、動きの先読みやらを色々学習しないといけない気配がひしひし。日本で危険とほど遠い生活をしていたので、どうも何かに警戒しながら行動するのが難しい。

狼の残り半分は、ディーンとクリスが倒した。

「クリスも綺麗な剣を使うな」

「む、褒めてくれるのかい？　礼を言うよ！」

背景に光をキラキラ背負っていそうな笑顔で、クリスが答える。クリスはもっと派手な剣を使うのかと思っていたら、繊細というか、無駄のない太刀筋。

「アッシュといい、ジーンといい、冒険者になったばかりなのに。ちょっと自信失くすぜ」

そう言いながら、手早くツノを回収するレッツェ。驚きつつも、すぐやるべきことを始められるところがすごいと思う。銀ランクの２人といい、冒険者の先輩たちはさすがだ。

「狼の魔物は血の匂いに集まります、移動しましょう」

執事が回収したツノを袋にしまいながら言う。

「うむ」

アッシュが袋を拾い、肩にかけ直しながら頷く。アッシュと狼を倒した時と違い、この場所は狼の生息数が多い。実際【探索】には同じ気配がたくさん引っかかっている。執事の言う通り、早くこの場を離れた方がいいだろう。いつまでも戦ってなきゃいけなくなる。


日が落ちる前に、最初の野営地に無事到着した。

「お前、野宿を嫌がってたんじゃなかったっけ？　手慣れてねぇ？」

さっさとシートの端を木に結び、寝床の支度をした俺にディーンが言った。

「なるほど、防水のシートがあれば簡易な屋根と壁ができるのか。——このシート、何でできてんだ？」

「風を遮るだけでもだいぶ暖かいのではないか？　素晴らしいよ、宵闇の君！」

大袈裟なクリス。ハグを求めてくるな！

「天幕など徒歩では持ち歩けませんし、こちらは大変便利です。本当にこの軽さは一体どのようにして実現させているのでしょうか？」

執事も矯《た》めつ眇《すが》めつ見ている。牛や馬の革だと重いからな。トカゲくん、いい仕事してます。

「野宿は嫌だけど、慣れてないとは言ってない」

薪と一緒に集めた杉の枝を折ってシートの下に突っ込み、苔を剥がしてきてその上に敷く。あとは布団を敷くだけだが、あとでいいだろう。島でなんの装備もなしに野宿を続けたのと比べれば、準備期間があった今回はキャンプだ。キャンプ用品が充実してるとは言い難いけど。

明るいうちに歩けるだけ歩くのが普通だが、ここは先人たちが通った道で、大体の野営場所も決まっている。今いるここも、前に滞在した人が平らにして、川風を避ける石を積んだ場所のようだ。焚き火を保つ石組みもある。崩れた部分の石組みを直したりして、野営地を軽く整えた。

だいぶ陽が残っているが、夕食と寝床の準備だ。準備してるの俺だけだがな！　みんなはそのままローブかコートに包《くる》まって、その辺に転がるらしい。石を少しずつ取り除いたりしたらしく、他の場所よりは快適だって。

「苔を真似よう」

アッシュが苔を取りに行く。

「いっそここに生やしたいものだ」

「踏まれますので、ダメになってしまうのでは？」

すぐにアッシュのあとに続いた、クリスと執事。結局、全員が苔を剥いできた。日本の山でやったら顰蹙《ひんしゅく》ものだけど、ここは森を愛《め》でる余裕はない世界だ。


今日はだいぶ早く野営地に着いたので、釣りをすることにした。

釣りといっても、持っているのは釣り糸と針だけ、釣竿はみんな適当な枝を使ったり、糸を巻きつけた棒でそのままとか色々だ。

それぞれ思い思いの場所に散って、釣りを開始。俺は釣りに全く自信がないので、木の枝に糸の端を結んで、餌の付いた針を川に放り込んだ。罠での漁ならそこそこ自信ありだけど。

「スープくらいは全員分作っておくので、かかったらよろしく」

「おう。スープはありがたい、冷えるからな」

ディーンに頼んで、荷物番を兼ねて焚き火へ戻る。川辺といっても急な雨による増水に備えて、少し距離を取って野営している。鍋に野菜、ひよこ豆、干し肉少々を突っ込んで、焚き火にかける。ドライトマトを多めに入れたのでトマト味のスープだ。

次に明日の朝のパン種の仕込みと、本日のピザ生地作り。ピザ生地は強力粉と薄力粉、塩をぬるま湯で混ぜる、ボウルなんかないので鍋でだが。オリーブオイル少々。こねたあとべしべしと打ちつける。

「おい、何してるんだ？」

「ピザを作ってる。騒がせて悪いが、気にするな」

焚き火で焼くのに使ったのだろう平たい石があったので、軽く洗って生地を叩きつけていたら、物音に心配したらしいディーンが見に来た。後ろにアッシュもいる。

「まあ、あれだ。変だ」

酷いことを言い残して釣りに戻っていくディーン。

俺は普通、普通だろう!?　納得いかないまま生地を打ちつける作業に戻る。ボソボソした生地がツルツル滑らかになったら出来上がり。具材を切ったら、あとは釣り組が戻るまで生地を寝かせておけばいい。次のパン種は、できたら革袋に放り込んでおく。明日はこれにジャムを付けて、ソーセージを焼こう。

ここは人が来ないせいか、俺のいい加減な仕掛けにも魚がかかったようで、ディーンが持ってきてくれた。みんなが獲ってきた魚を、小さいものはそれぞれ塩焼きに、大きいものは捌いて俺が香草焼きの準備をする。それぞれフライパン的なものと湯を沸かす鍋は持ってきていたが、焼くのは執事と俺の2人。焚き火狭いし。

ディーンとクリスはフライパンを持っていたが、湯の方は金属のカップを直火《じかび》にかけて使っていた。荷物を減らす工夫のようだ。レッツェも普段はカップ派だそうだが、今回は荷物持ちなので鍋も持参したそうだ。

「この鍋は重いので、ちょっと真似はできそうにもないです」

残念そうな執事。ディーンが続けて言う。

「ラウンドシールドを鍋にすることはあっけど、蓋がねぇしな」

やな鍋だなおい。俺が持ってきたのは、微妙に大きさを変えたダッチオーブンもどきを重ねた3つだ。かなり重いが平気。身体能力の強化は本当にありがたい。大きいのはスープ用の深鍋だ。入れ子で2つ鍋が入るように鋳物屋に作ってもらった。香草焼きを作りつつ、蓋の上に炭を乗せてピザを焼いている。

「こっち焼けた、皿をくれ。スープも適当にどうぞ」

「こちらもいいようです」

執事の方もできたようだ。差し出された木の皿や薄い金属の皿に、香草焼きを盛る。

「って、ディーンはフライパンか」

「無駄がなくていいだろ」

「私の皿も蓋になるよ」

ニヤリと笑ってディーンが言い、クリスが続いた。

「日数かけて奥地に行く冒険者って、大変だな」

ディーンだけなら大雑把な奴で済ませるところだが、クリスもとなると荷物を減らす工夫なんだろう。それぞれが固そうな平たいパンを取り出す中、俺は炭をどかしてダッチオーブンもどきの蓋を開けた。

「ジーン、それは？」

「野生のアスパラガスとベーコンのピザ」

「さっきやってた変な儀式みたいなやつか」

アッシュの問いに答えたんだが……。ディーン、儀式ってなんだ、儀式って。

「聞いたことのない料理だね」

興味津々という感じで、クリスが覗き込んでくる。ナイフで切り分け、ピザのピースをひとつ持ち上げる。チーズが伸びていい具合。

「おい、お前ら。なんでパンをしまう？」

「この干し肉と」

「干しアンズ」

「ワインでどうかな？」

「鱒の燻製」

「チーズがございます」

手に手に、差し出される食い物。

「いや、食い切れないから」

断る俺。食事は基本それぞれのはずだろう？

「塩焼きもあるから普通にワンピース食っていいぞ」

もともと行きは食い物を、帰りは素材を運ぶのが俺の仕事だ。食事はそれぞれ持ってくると聞いていても、レッツェやアッシュ、執事と分担して、ディーンとクリスの分とプラスアルファは持ってきている。もちろん自分の分も。俺たちは雑用係のはずだが、ディーンとクリスの銀クラスがよく働くし、文句どころか注文もほとんどされないので楽だ。

「あとは普通に獲物を獲ってくれればいい」

いい具合に焼き上がった鱒の塩焼きを掲げてみせる。俺は1匹しか釣れなかったけど、みんなが3、4匹釣って俺に回してくれたので、香草焼きも塩焼きも食べられる。さすがにもらっておいて、こっちはダメとか言わないぞ。

「おう、釣る釣る、獲る獲る」

ディーンが嬉しそうにピザを手に取ると、他も続いた。俺は燻製肉や干し野菜の他、粉物と調味料を多めに持ってきた。【転移】で下見して森に色々生えているのをチェックしてたし、ディーンたちが肉を狩ると言っていたからだ。頑張って狩ってもらおう。

「うめぇ」

「美味しいではないか！」

「美味い」

よしよし、そう思ったらどんどん美味しいものを開拓して、俺に教えてくれ。美味いものに心奪われたら、より美味いものを探さずにはいられなくなるはず。

「……。美味しい」

アッシュは育ちがいいせいか、食べ終えてから言った。

「塩味がいいですね。具を変えても美味しそうです」

「ああ、トマトソースでもいけるぞ」

鱒の塩焼きをもぐもぐしながら執事に答える。

「トマトソースでございますか？」

執事にちょっと怪訝な顔をされる。あとから気づいたが、少なくともこの地域でトマトを見たことがない。他でも見たことがないような……？　あれ、ジャガイモもそういえばないな？　持ってきたのに使えない気配がする。

鱒は腹わたを綺麗に取って、背中側から焼く。淡白な魚なので開いたところから脂が逃げないように、背からじりじりと遠火で焼いた。お陰で背中の皮はパリっと、身はふっくら。

「くっ！　川魚までジーンが焼いたやつの方が美味そうに見える」

なんかディーンが自分の焼き魚の串を握りしめてぎりぎりしているが、交換はせんぞ。

「いい嫁になったのに。……残念だよ、宵闇の君」

「人の性別を残念がるのはやめろ」

クリスが言うと本気に聞こえて嫌だ。

「そういえば、ジーンはどんなのがタイプよ？　俺の妹は違ったんだろ？　やっぱ胸か？」

「自分の胸を持ち上げるのはやめろ！」

「む……。ディーン殿は立派な胸だな」

そう言って自分の胸を見下ろすアッシュ。

「アッシュ……」

俺はどう答えていいかわからないよ！　それは女性がうらやましがったらダメな胸だよ！

執事が隣で微妙な顔してるけど、俺も同じような顔になってるんだろうなこれ。

「自慢じゃないが人間との付き合い方を調整中なのでよくわからんな。とりあえず、恋愛はそのあとかな」

「なんだ人間不信か？」

「まあそうだな。あと、いたずらで告白された」

ディーンの問いに頷く。人間不信というか、信じたらヤバい奴らしかいなかったというか。

「ああ、あとでそんなわけないじゃんとか言われちゃったんだ？」

レッツェが可哀想なものを見る目になっている。当たってるけど。

「宵闇の君に、その手のいたずらは想像がつかぬが」

「告白したはいいが、周りからからかわれて恥ずかしくなったんじゃねぇの？」

困惑しているクリスとディーン。アッシュと執事は静かだ。

「1回目は6歳くらい。2回目は10歳、3回目は14。全員違う人」

「ぶっ！　3回もかよ。呪われてるんじゃね？」

嫌そうな顔をするディーン。

「特殊な事例三連ちゃんか。世の中の女性はそんなのばかりじゃないぜ？」

「ああわかってる。特殊な経験してる自覚があるから、軌道修正中だ」

レッツェが真面目に心配そうな顔になってるが、原因の大元は姉だ。1回目は確実に姉が煽《あお》っていたし、2回目の時に姉は姿を見せなかったが、相手は姉の友人の妹だった。俺が10歳ということは、姉は15歳頃。関わる人間が限られていたからすぐわかった。

3回目も姉の気配はなかったが、絶対に関わってただろう。1回目に引っかかったあとは姉の仕業とわかってた。2回目、3回目は、引っかかったフリをしていただけだ。

親もそうだが、姉はなんで俺が幼稚園の頃の記憶がない前提なのかわからん。そういえば花火大会に来た姉の友人は、1回目に告白してきた奴とその兄貴だったな。あの姉とずっと付き合ってるんだから、よっぽど鈍いか類友《るいとも》のどっちかだろう。時々遭遇する時の様子からして後者だ、絶対近づきたくない。

とりあえず、ディノッソ家のお子さんに裏表のない好きをもらって癒されよう。

「なんというか、元気を出したまえ」

「ありがとう、クリス」

俺は元気というか、可哀想だったのは昔の俺で今の俺じゃないし。クリス、顎撫で精霊をなんとかしてから真顔になってくれないか？　存在に慣れてきたとはいえ、そのギャップは反則だと思う。俺の真顔が保てないんですよ！

さて、夜だ。夏は9時ぐらいまで明るかったが、春先の今は6時ぐらいで暗くなる。焚き火を囲んで夕食を食べているうちに、とっぷりと暗い。

こちらの世界の時計は、日時計と『精霊の枝』にある長い線香の2つ。街中にいれば約2時間ごとに鐘が鳴るが、その音が届かない場所ではさっぱり時間がわからない。

まあ電車があるわけじゃなし、日の出と日の入りの時刻が大体わかれば問題ない。リシュの散歩で自然に目が覚めるようになったし、早寝だ。こっちに来てから健康的な生活になった。

いざという時に対応できるよう、靴は履いたまま寝るそうだ。くつろいでいる今は、靴を脱いでいる。俺も真似してブーツを脱いだのだが、精霊がですね……。脱いだブーツ嗅ぐのやめてくれないだろうか。今は名付けをしていないから、この精霊は純粋にこちらに興味を持って寄ってきたのだと思う。思うのだが、興味を持ったのがブーツの臭いって。一通りあちこち嗅いだあと、ディーンの足に落ち着いたようだ。もしかして今夜の寝床にするつもりか？

……。ディーンも身体能力高かったよな？　もしかしてその臭いフェチは貴方の精霊ですか？　フレーメン反応の猫みたいな顔してるけど、喜んでるの？　精霊って気まぐれで、名付けない限り恒常的に力を与えてくれないらしいけど、身体能力が上がるほど長く付いてる精霊って、みんな何かのフェチ？　思わず執事の顔を見る俺。執事のあの精霊は何フェチだ？

「血に付くものもあるのですよ」

にっこり笑って静かに言う執事。一緒にするなってことだな、名前も付けてたし。

「こちら虫除けですが、お使いになりますか？」

「いや、持ってる。ありがとう」

微妙に繋がらない会話を続ける執事。周りのみんなが不思議に思わないということは、血を好む虫がいるのかもしれない。アッシュの肩にいるアズは普通に可愛いので安心する。アッシュも執事もよく真顔でいられるものだな。怖い顔はもしかして笑いを堪えてるとか……。


さて、早いが寝る時間だ。

念入りに虫除けを塗る。焚き火があれば、この辺の魔物は近づいてこないらしいが、飢えていれば別ということで火の番を兼ねた見張りがいる。ディーンとクリス以外が交代で務めるので、1人約2時間ずつになる。最初がレッツェ、次が執事、俺、アッシュの順。睡眠が分断される執事は負担が大きそうだが、もともと睡眠時間が短くて平気だという。

俺は先に寝て、睡眠時間を確保。見張りを務めたら、自由時間を利用してリシュの散歩に行く予定。寝床の苔の上に薄い布団を敷き、脱いでいたブーツを履いて水筒を枕に横になる。こっちの水筒は外側が羊の皮、内側は胃袋でできていて、形もそのまま胃袋だ。時間が経っても中の水温が変わらないので驚いた。うーん、やっぱり靴も靴下も脱ぎたい。

「さすが宵闇の君、文化の差を感じるレベルだよ！」

シートと布団を褒められた。クリスは毎度大仰な言い方をするから、周囲に「また言ってる」

的な反応をされているけど、野性の勘なのか顎の精霊のせいなのか微妙に鋭い。

「この革、本当に便利そうだな。何の革？　本当に革なのかねぇ？」

布団の外側もシートと同じ皮を使っている。内側は目の詰まった布で薄く羽毛を充填《じゅうてん》して、ウルトラライトダウンみたいにした。クッション性はないけど、小さく丸められるし暖かい。

レッツェは物言いがディーンと似てるけど、ディーンより細かいことを気にする。世間や物事をちょっと斜めに見ている感じ。人当たりがいいのは処世術っぽい。ディーンの大型犬みたいな懐っこさは俺には無理だけど、レッツェは見習いたいところ。

「いい素材ですね」

「うむ、コートも軽く着心地がいい」

執事とアッシュ。オオトカゲの皮は鱗がなくつるんとしていて、爬虫類の皮らしくない。特に二本ツノの皮は染色して防水処理の油入れをすると、薄く柔らかい、革とも布ともつかない不思議な素材になった。

色々言われるが、全部答えず、まるっと無視して寝る。野宿は久しぶりだが、人はいるし装備はあるし、島でのあの不安のまま眠りに落ちるって感覚はない。なんとも不思議な感じだ。

それにしても足の臭いフェチな精霊の存在、あとでディーンに教えてやるべきだろうか。

「交代だ」

「ありがとうございます。お茶が用意してございますので、どうぞ」

予定の時刻にちゃんと起きることができたのを、空の星を見て確認した。星空は日本のものとだいぶ違うけど、極北の空には動かない星がある。記憶にあるより明るいその星の脇に、時星《ときぼし》と呼ばれる星がある。名前の通り、夜に見上げれば、その位置で大体の時間がわかるのだ。

「俺はあとは起きてるから、布団使ってもいいぞ」

「大変魅力的ですが、アッシュ様を差し置けません」

やんわり断って、焚き火から少し離れた木の根元でフードをかぶり、横になる執事。この中で一番野外が似合わない男かもしれない。いや、でも夜は似合う？

着ているローブにそのまま包まるように寝ている奴や、脱いで上にかけている奴。転がるのも好みがあるらしい。執事の用意してくれたお茶をコップに移して、暖をとる。冬ほどではないけど、夜は冷え込む。島にいた時は宇宙《そら》を眺めると、自分という存在が心許なさすぎてぐるぐるしてたけど、今は星を覚える余裕もある。

島にいた時も今も星は綺麗だ。

人の寝息と、時々ぱちりと鳴る焚き火の音を聞きながら、しばらく夜空を眺めた。アズが寄ってきて、カップを持つ手の指の間にぐりぐりと潜り込んでくる。俺がアズを握ってる風になったところで、満足したのか動きを止めた。文鳥とかが寒がりで、慣れると人の手を好きになるという話は聞くけど、精霊って寒がり――種類によるか。リシュみたいに氷属性で寒がりってこともないだろう。いや、暖炉の前でヘソ天になってたな。あれ？

可愛いからいいやと深く考えることをやめて、カップを持ち替える。執事の精霊が木陰からちらちら姿を見せている。隠れてこっちの様子を窺ってるつもりだろうか。

カップを置いて、水筒から皿に水を注ぐ。家の水だけど、水筒に入ってたのじゃダメかな？少し離れたところに置いておいたら、水浴びしてたので大丈夫だったらしい。


「おはよう、交代する」

「おはよう、これおやつ」

さすがにちょっと暇になって精霊の名前の整理を始めてたら、交代の時間になったようだ。何かやっていると時間が経つのが早い。

「ありがとう。菓子だけでなく色々と世話になっている」

「それは気にするな、暇だっただけだ」

「色々いただいた」

「ポーション代は返してもらったし、他は半ば趣味で作ったやつだが……」

詐欺《さぎ》みたいな宿屋問題が解決したあと、義理堅くポーション代の返却があった。ところでアッシュの顔がどんどん怖くなってるんだが、原因は何だ？　アッシュの場合、怒ってるわけじゃない場合がほとんどなんだが、前振りがないと予測がつかない。

俺が渡したフロランタンはまだ食べてないよな？　サックサクのサブレ生地に、キャラメルを絡めたスライスアーモンドを乗せて焼き上げた菓子だが、保存が利くのでいい感じだ。おやつはこれとスルメを持ってきている。

「ジーンはいい男だ、幸せになれる」

「ありがとう？」

「うむ。告白はたまたまいたずらが重なっただけだろう」

あれ、これ夕食の会話の続きか？　もしかして慰めようとしてる？　時差がありすぎだが。

「今はいい出会いがあったから、人間不信は改善中だ」

「む、そうか。その出会いの中に私も入っていると嬉しい」

「バッチリ入ってるさ。さて、出かけてくる」

ちょっと恥ずかしくなったので退散。アッシュは口数が少ないけど、言うことが真っ直ぐだ。

「気をつけて」

そう声をかけられたが、俺は家に帰って散歩なんだな、これが。

「そっちも」

答えて、アズがアッシュの肩に飛んでいったのを確認して森の中に入る。

月明かりで十分明るいと思えるようになったのはいつからだろう。

そういうわけで家だ、白飯を食べたいが我慢。

トイレとリシュの散歩以外のことはしないし、新たに何かを持っていかないと決めている。じゃないと不足がわからなくなるし、みんなに後ろめたい気になりそうだし。

「リシュ、行くぞ」

俺の気配を感じたのか、寝室の方から走ってきたリシュに声をかけて外に行く。昨日もずっと森を歩いていたが、歩き慣れたここは安心する。すぐに追いついてきたリシュが俺を追い越し、少し先で地面の匂いを嗅いでいる。

俺が追いつくとまた走っていって、何か見つけて止まっての繰り返し。リシュは可愛い。うん、もし変なフェチを持ってても大丈夫。

昼間は普通に目標地点まで歩き、途中にいい狩場があれば食料を確保し、そうでなければ目標に到着してから狩りに出る、日々その繰り返し。

口で言うだけなら単調だが、実際はやることがたくさんある。

今回の狩りの間、俺はレッツェと荷物番をしながら野営の準備だ。襲ってくる魔物も蜘蛛の巨大化したヤツとか、黒狼、赤熊、微妙に強いヤツが出てきている。実は普通の狼や熊と、魔物との強さの違いがよくわからない俺だ。精霊に名付けすぎて身体能力が上がったせいで、基準にする自分の強さがまずわからない。

でも、そういうわけで、ディーンとクリス以外は危険を回避するため、2人1組で行動することになった。俺は狩りや魔法の修行中、飲み水を気にする必要がなかったので、川から離れたところで色々していた。なのでこの川辺の風景に見覚えはないんだが、そろそろオオトカゲゾーンに入りそうな気がする。木の上に出れば切り立った岩が見えるかもしれない。

「俺、街にいる時より、いいもの食ってる気がする」

レッツェが黒ヤマシギを齧りながら遠い目をする。

「気のせいじゃねぇし、俺は酒が猛烈《もうれつ》に欲しい」

食いながらよだれを垂らしそうな顔で言うディーン。

「エネの赤」

「熟したベリー、黒胡椒の風味、甘みとかすかなスパイシーさ、確かにこの黒ヤマシギに合いそうでございますな」

アッシュの一言に答える執事。酒の名前だろうか？　赤ワイン？　優雅に手掴みというか、手掴みでも上品に見えるところがすごいな。

オーソドックスに焚き火で焼いて、内臓と鶏ガラを使って作ったソースをかけただけだが、焚き火マジックなのか丸々とした食材がよかったのか、すごく美味しい。

「驚愕《きょうがく》だね、そもそも鍋でパンが焼けるとは思ってなかったよ……。2日目の朝のあの衝撃は忘れられない」

レバーペーストを塗って焼いた、付け合わせのパンを味わっているクリス。レバーはすり鉢をさすがに持ってきていないので、みじん切りにしてナイフの背で擦るように潰した。

黒ヤマシギの内臓は珍重されるらしいが、それを別にしてもレバーは鉄分とビタミンAとBが多いので、肉や魚に偏りがちなこの旅程ではなるべく摂っておきたい。

臭み抜きに牛乳が欲しかったけど、鳥のレバーなら塩水でも十分だし。あと栄養の偏りを気にしてるのが俺だけだけど、俺だけだけど!!

只今は4日目の晩飯中だ。黒ヤマシギの魔物は、ディーンとクリス、アッシュと執事が捕まえた。ジグザグに飛ぶので捕まえるのが難しいはずなんだが、みんなすごいな。なんか最近、調査よりも食材の確保に情熱を燃やしている気がする。

「今日はシート張らねぇのか？」

「手伝おうか？　宵闇の君」

食後、ディーンとクリスが聞いてくる。

「では手伝ってもらおうかな」

「喜んで君の僕《しもべ》となろう！」

寝床じゃないけど、シート張りのお仕事がある。クリスが大袈裟なのにも慣れた。

「離れすぎではないかね？」

陽のあるうちは野営の場所にいるレッツェの姿が見えたが、今は焚き火の明かりの他は夜の闇に溶けて、人の姿が判然としない距離だ。

「暗いとはいえ、あんまり近くてもな」

水筒と火のついた薪を1本持って、焚き火から離れた。シートを運んでくれるディーンとクリス。目的の場所は河原だ。

「河原で寝るのかね？　――この枝は？」

「留守番の間に加工しといた」

よくしなる枝を八方に立てて、ドーム型になるように結んである。中心には、焚き火のための小さな石積み。持って来た薪を突っ込んで火を入れる。薪の用意も万端だが、あまり燃え上がらないように調整しなくてはならない。

「そこ押さえててくれ」

「ああ？」

「次ここ」

「心得た」

枝のドームをシートで包む、ちょっと不恰好だが問題ないだろう。

「ありがとう」

「布団だけでは寒かったのかね？」

「いや、蒸し風呂にしようかと思って」

「風呂……」

シートの端をめくって、火の上に半分渡した平たい石に水をかけて見せる。途端にじゅっという音と共にもうもうと蒸気が上がり、シートで覆われた狭い空間に広がる。即席サウナで汗をかいて、川に飛び込めばバッチリだろう。島にいた時みたいに川辺に穴を掘るのは、掘ったそばから崩れそうでここでは難しかった。こっちの方が簡単だったので。

「宵闇の君、君は快適にすることにかけては他の追随《ついずい》を許さないのだな」

微妙な褒められ方をした！

その後、希望者が交代で風呂に入ることにした。結局全員だったが。蒸し風呂なんで、全員入り終えるのに時間がかかったんだが、まあしょうがない。真っ暗な中、ディーンとクリスが薪の追加で森に入っていったが、これもまあしょうがない。

天気がよかったし、本日は屋根《シート》なしで寝た。

翌日、日課の散歩も朝食も終えて、出発。

夜遅かったはずなのに、風呂の効果か、みんな昨日よりむしろ歩みが早い。――ディーンの精霊はご不満だったらしく、今日は姿を見ない。あれか、ディーンを強くするには洗っちゃいけないのか。どうなんだそれは。

森には精霊が多く、特に川辺は集まりやすい。俺に寄ってこないように、お手伝いの精霊が先行して触れ回ってくれているので平和だったが、体を墨汁《ぼくじゅう》で塗り潰したような黒を纏う精霊が視界に入るようになった。捕まえて名付けたいところだが、この調査依頼中は自重。なんかもう次々に精霊が目に入ると、可哀想とか痛々しいの前に、とっ捕まえなきゃという使命感が湧くようになってしまった。近くに来ると、ついむぎゅっと捕まえたくなるね！

「おい、オオトカゲ」

「三本ツノ！」

ディーンの切迫した声に、クリスの抑えた叫びが続く。あー、やっぱり近かったんだな。それとも生息域が広いのか。どっちだ。

「この深さでオオトカゲの三本か～。確実かな」

レッツェがぼやいて天を見上げる。浅い森に出る魔物は、一本ツノか、豆粒みたいなツノなし。1週間で分け入ることができる範囲では、それが普通なのだそうだ。

どんだけ広いんだ森。さすが大森林と呼ばれるだけある。だがしかし、なんか三本も二本も見慣れすぎてて、感慨がない俺がここにいる。

「二本ツノ飛ばして三本か」

嫌そうな顔をしてディーンが言う。

「三本ツノのオオトカゲは生命力が強い。倒すには首の骨を切るか、心臓を潰すか。それをしてもしばらくは動くから、ディーンとクリスがいいって言うまで近づくなよ」

レッツェが俺たちに説明と注意をした。1回動かなくなっても、突いたら動くこともあるんだよな。結構大きく体をうねらせるんで危ない、特に尻尾。いたのは三本ツノの中でも大きめの個体だった。膨らんだほっぺたは、成熟したオスだ。死ぬと白っぽい灰色に変わる体色が、今は緑に茶色のマダラだ。

「背中側の皮は丈夫で骨よりも固い。上や側面からどうにかするのは難しいのだよ」

「チャンスは顔を上げて喉を晒した時だな」

クリスが静かに剣を抜き、ディーンは剣を握り直す。うーん。俺は『斬全剣』で構わず上から横から斬っていたから、普通の剣で戦うとなると、どう戦っていいかわからない。皮に当たったら剣の方が欠けそうだ。もう少し考えて戦っておけばよかった。

　そういうわけで、お手並み拝見。

　二手に分かれて、ディーンがオオトカゲの尻尾の方に回る。真後ろではなく、やや右。クリスは離れた正面のやや左。２人とも風向きを気にしながら、気配を殺して慎重に。そして配置についた２人が頷き合う。

　ディーンがオオトカゲの尻尾を剣で斬りつける——いや叩く。驚いたオオトカゲが体を曲げてディーンに噛みつくようなそぶりを見せたところで、クリスが弧を描いて伸び切った首に一撃の突き。

　オオトカゲがのたうち始める前に、素早く距離をとる。攻撃してきた後方の敵に向くため、オオトカゲは上半身を浮かせた。首が大きく曲がり、皮が伸びる。喉の下の背より柔らかい皮を狙い、さらに薄く伸びたところを狙いすまし、貫通力のある剣戟をクリスが仕掛けた。

　骨を断つほどに差し入れた剣はすぐに引き抜かねば、収縮した筋肉に締められて、剣が抜けなくなるか折れるかする。それを一瞬でやってのけたクリスはすごい。打ち合わせなしでディーンと息がぴったりなのも。これ、剣の特性も考えて阿吽《あうん》の呼吸で役割分担したんだろうな。

「見事だな」

「さすがでございますね」

アッシュと執事が感心している。

「ふー、大丈夫だと思っててもドキドキするぜ。小心者だからな」

隣でレッツェが詰めていた息を吐き出す。

「すごいな」

すごいんだけど、2人組じゃないとダメじゃないですか、やだー。お手本にならぬ！　眺めているとオオトカゲの動きが弱くなり、やがて止まった。

「さて、解体を手伝ってくれたまえ」

こちらを振り向いてクリスが言う。はい、はい。解体は得意です。これも『斬全剣』を使ってやっていたのだが。防具《コート》を作るにあたって特性を知っておこうと、ちゃんと普通のナイフでの解体もやったとも。普段人に見せるために持ち歩いている剣より、今持っているナイフの方がお高いのだ。だって、最初に使ったナイフでは1ミリも切れなかったからな。

頭のツノを落としたり爪を抜こうと苦戦するディーンたちをよそに、まずは邪魔な突起を取り除く。石のように固いイボのような突起は、頭から首、後ろ足の内側にある。これは強く叩くとぽろっと取れた。臭いを出す腺《せん》があって、この突起は鱗というより臭いのする体液が固まったもののようだ。

次に腹の下の方、後ろ足の間にある肛門からナイフを入れ、皮を切って開いていく。

「いや、待て。慣れてねぇ？」

「トカゲなら一緒だろ？」

ディーンに突っ込まれた！　オオトカゲの解体は普通はしない、か。いや魔物化してないオオトカゲならあるいは？　で、さっき突起を落とした穴から臭腺《しゅうせん》に沿って――

「慣れておられますね」

「この皮ってさ……」

断定的な執事と、言葉を濁《にご》すレッツェ。

「気のせいです」

言い切る俺。

「……」

「……」

「……ちょっとトカゲ狩ってこうか」

「一本ツノの方ではないかね？」

「人数分のシートは何匹で足りますかな？」

バレただと!? だが、一本じゃなくて二本だ。むしろ俺は、オオトカゲの一本ツノを見たことがないです。

「ジーンは金ランクについて森に入ったことがあるのか？」

「黙秘《もくひ》します」

「まあ、だろうなぁ。金ランクと関わりがあるってバレたら、ちょっと顔見知り程度でも素材の要望やらなんやらで紹介しろって煩くなる。黙ってた方がいいぞ」

金ランクなんか1人も知らないがな。正直に「ない」と答える場面だったか。


俺はレッツェと川辺で解体しながら食事の用意。他の4人はトカゲ狩りだ。このあたり、一本は普通に出るらしく、そっちはアッシュと執事が、それ以外が出たらディーンとクリスが狩る方向らしい。アッシュと執事なら二本も三本もすぐ倒せるようになりそうだけど。武器の面でもディーンとクリスが見せた方法が使えるし。

「あ、突起は後ろ足の内側にもあるぞ」

「こっちもか」

俺はレッツェに解体の手順を教えている。我流《がりゅう》なんだがな。ちょっと前と立場が逆だ。

ここはオオトカゲの繁殖地だそうで、普通のオオトカゲが多数現れ、比例してオオトカゲの魔物も多い。強い個体はだんだん森の奥に移動し、散らばっていくらしい。

今は三本ツノまでいるので油断できないけど、オオトカゲが多いせいで他の魔物や動物は少ないらしく、トカゲ狩りには持ってこいのようだ。

黒い染みのある溶けかけた精霊も多くなってきてる。森の修行場の精霊より小さいものが多いけれど、中には大きめのもいる。これが憑くと魔物になるので油断はできない。大きいのが憑くとツノの多い魔物になるのか？　色々謎だ。

「ところでレッツェ、ラードどれくらいある？」

オオトカゲ、味は鶏肉に似てるっていうし唐揚がしたいです。

三本ツノは思ったより早く見つかり、もう帰れるのだが、野営地の関係で少し先に進んで夜を過ごすことにした。明日はしばらくオオトカゲを狩って、昼に元来た道を戻る予定だ。

もともとは次の野営地を拠点に最大２日、周辺を調べる予定だった。なので素材が人数分集まるまで、ここに留まって狩ろうかという話も出ている。どうやらこの調査報告の結果により、魔物の数を減らすため、銀ランクの２人は確実にこの森に長期間こもることになるらしい。街を守るためにご苦労様です。なんか、レッツェやアッシュも参加するっぽい。俺は参加せず、期間中はそっと奥の方で、日帰りで魔物を狩っておくよ。

オオトカゲの原皮《げんぴ》と、ツノと爪を担いで移動した。日数的に契約の範囲内なので文句もないのだが、俺に気を遣《つか》ったのか、ギルドに提出する分を除いてツノと爪はくれるそうだ。家にあるツノと爪をついでに売るチャンス到来！　ちょっとぐらい増やしてもバレないだろう。

そして俺は今、レッツェと拠点で留守番です。

「なんでそんなに居場所を整えたがるのかねぇ。いや、快適なのは大歓迎だけど、よく思いつくなぁ」

レッツェが少し離れた川辺で血の匂いを洗い流しながら、オオトカゲの解体をしている。解体に慣れたいと、仕事を買って出たのはレッツェだ。俺はその間に野営地を改造中。鉈で木を切り出しては2本に組み、4カ所に立てた杭の間にはめ込んでいく簡単なお仕事です。

――うん、鉈もあるし、腕力も体力もある。ちょっと感慨深くて涙が出そうだ。

冬の名残のキノコ、この一帯固有のフユヒラ発見。アスパラガス、タンポポ、イラクサとアブラナ科の小さなガーリックマスタード。

イラクサは細かい棘《とげ》がいっぱいで、採る時に気をつけないと火傷したような痛みを食らうはめになるが、茹でちゃえばこっちのもの。今日はこれとガーリックマスタード、松の実を、オリーブオイルと混ぜてペーストにしよう。それでパスタだ。

２組が別な方向に狩りに出ており、川沿いに進んできた方向にも魔物はいない。ある程度拠点の安全が確保されているので、レッツェの声が届く範囲で出歩いている。

【探索】にもかかってこないし。

って、思ったそばから狐が。これは二本ツノかな？　離れてるけど、鼻も耳もいいヤツらだ。火を避けず、むしろ獲物がいる場所として認識している感じがする。レッツェのところに戻っておこう。

「ジーン、鱒が３匹になった」

「おお、順調に増えてる」

川の一角に棒を刺してレッツェと作った囲みに、魚が３匹泳いでいる。進むと狭くなるようにＶ字にした簡単な仕掛けだが、餌を入れて木の枝をかけて暗くしておくと結構かかる。

「レッツェ、そばに狐の魔物がいる。臭うものは始末しちゃってくれ」

「おう」

見たわけじゃないけど、いるから。

「ちっと解体しすぎたか」

臭いをごまかす杉の葉がかけてある皮を見るレッツェ。杉の葉を少し揉んで臭いをごまかすと、風下に向かって森の中に入り、大きな木の根に寄りかかるように隠れた。ここまではいざという時の打ち合わせ通り。

「塗っとけ」

レッツェに臭い消しのクリームを渡される。体臭がですね……。川で洗ったりしているのだが、ズボンとか着た切り雀なので。俺はそんなに臭わないと思いたいところだが、解体もしたからちょっとあれだ。現実を見て前向きになろう、次回は解体用エプロンを用意だな。

緊迫した雰囲気だが、よく考えると倒せるというか、レッツェに知らせる前に倒してしまえばよかった気がしてきた。こう、魔物に会った時の行動の確認とかしてたものだからつい。確実にこっちに近づいている狐。オオトカゲと違って、狐の魔物は足が早いし、でかい。なにせ体高が俺くらいある。逃げてもレッツェは追いつかれるだろう。

「まあ、狐ならオオトカゲより柔らかいか」

「おい……っ」

立ち上がって剣を抜いた俺に、レッツェが慌てる。戦うことを決めたなら、不利な場所にいることはない。剣を振り回すために、ある程度広い場所に陣取る。

狐の姿が見えたと思ったら、ジャンプして一気に上から襲ってきた。予想通りの行動なので、慌てず一歩下がって避け、狐の後ろ足がつく前に喉に一撃。速いけれど、魔物の戦い方は憑いた動物に引っ張られる。言葉を話すような強い個体なら別だが。

「ぶっ！」

剣が抜けなくて飛びのくのが遅れ、思い切り血しぶきを浴びた。血を噴きながら、横倒しに倒れる狐の魔物。オオトカゲほどじゃないものの、魔物なので皮が固いし、骨にめり込んだ。なまくらな剣でも真っ直ぐ勢いをつけて突けば折れることはないと思ったのだが。抜くことができないとは予想外。

「失敗した……」

「すごい！　二本ツノじゃないか！　しかも1人で！」

レッツェが驚きつつ褒めてくれるが、それどころじゃない。

「って、毒は!?」

すぐにレッツェの声が心配そうなものに変わる。普通は血に毒はないが、憑いた精霊によっては血が毒であることもあり得る。

「今のところねっとり生温かくて、感覚が気持ち悪いだけだ」

【鑑定】結果でも毒はない。なるべく血や体液をかぶらずに倒すのも大切なことなんだが、大失敗。もう少し、普通の剣での戦いの場数を踏むべきだなこれ。

素っ裸で川で水浴びをした。

少々浅いので、座り込んで頭を洗っている。水は冷たいが、血をかぶったままでいるよりはマシだ。ついでに洗濯。替えがないズボンとかは拭くだけだ、幸い防水だし。レッツェが俺の荷物を持ってきてくれ、火を熾してくれた。

「そういうところは大雑把なんだな。貸せ、洗ってやる」

「ありがとう」

パンツはさすがに遠慮したが、他はありがたく。掃除洗濯は苦手だ。いっそ全部新しくしたくなるほど。家はリシュがいるから掃除してるけど。リシュは頭がいいし、何かイタズラして散らかすこともないけどな。

結果、シートの上で、パンツ以外履いていないローブ姿です。ローブはレッツェから借りた。服は焚き火で乾かしている。次回があったら、華麗に魔物を倒して軽やかに平常に戻りたいところだ。ズボンの替えも持ってこよう。

レッツェは几帳面《きちょうめん》だな。いや、几帳面とは少し違うか。そう思いながら、狐の解体をしている男を眺める。

火熾しのために麻縄をほぐしたやつをよく使うんだが、代わりのものがあるなら森で調達し、そっちを優先的に消費する。そんな感じで、持ってきた物資にはなるべく手をつけない。洗濯や解体の始末も丁寧だ。それでいて堅っ苦しいことはない。ディーンがレッツェをお手本として紹介するはずだ。

一番まともな年上として丁寧語で話したら、やめてくれと嫌がられたが。

焚き火のそばでイラクサをごりごりペーストにしているうちに、服が乾いた。幸いみんなが戻る前だ。——それにしても、ペーストにする作業が存外多い。薬草もごりごりできるし、次回があったらすり鉢も持ってこよう。

「なんだこれ」

「狐」

「いやそれはわかるけどよ」

ディーンが一番先に戻ってきた。三本ツノのオオトカゲを引きずって、腰には山鳥を提げている。

「やあ、戻ったよ！　——なんだねこれは？」

「狐」

ほとんど差がなくクリスが戻ってきて、やはり同じことを聞かれた。クリスが狩ってきたのは二本ツノのヤマシギ。

「いや、狐はわかって——」

「只今戻った。——これはどうしたのかね？」

クリスが話し終える前に、アッシュと執事が到着。二本ツノと一本ツノ、キジを2匹。ほぼ全員同着というか、飯に合わせて帰って来た気配。

「ジーンの狩った狐、二本ツノだ」

「よくご無事で……」

「宵闇の君、怪我は？　青銅ランクですごいではないか！　大金星だよ！」

レッツェに聞いて労《ねぎら》ったり褒めたりしてくれる、執事とクリス。

「そりゃ、俺並みに剣を使うし。探索には慣れてねぇっぽいけど」

「うむ」

一緒に戦ったことのあるディーンとアッシュ。そりゃ、剣のお手本は2人だし。

「ジーンがすごいのは置いといて、トカゲだけかと思ってたけど、まずいだろこれ」

「ああ……」

俺と、カヌムに来て1年未満の主従が、口を噤んで3人を見た。

「オオトカゲは長距離の移動なんか滅多にしねぇんだけど、狐は別。狐やら狼の三本ツノがいたら、街まであっという間に来てしまう」

「そして、三本ツノがこの付近にいるということは、狐も三本ツノになる可能性が十分にあるということなのだよ。すでに二本だしね」

ディーンとクリスが難しい顔をしながら説明してくれた。

「三本ツノだけで済めばよろしいですが、この様子では、すでに黒く染まり始めた魔物もいるやもしれませぬな」

「悠長に狩ってられねぇな。明日の朝一で戻ろう」

ディーンの言葉にみんなが頷く。

頷いといてなんですが、「黒く染まった魔物」って？　そういえばなんか、目の周りの黒が全身に広がって、さらに元の姿に戻る、だったか。憑いた動物の姿をとるか、精霊の姿をとるか、どちらだかわからない、と。

要するにヤバくなりかけか！


で。

夕食だ。それぞれ差し出した鳥。うん、昼間の唐揚、普通は鳥で作るって言ったからかな？　唐揚を気に入ったようで何よりだが、2食連続か！　せめてもと、ディーンが持ってきていた固いパンをすり下ろして衣にした唐揚だ。なお、おろし器がなかったので、レッツェが持っていた補強用の銅板を1枚もらってツノで穴を開けて作った。すごく理解に苦しむみたいな顔をされたが、何も言われなかった。

つなぎの卵はないし味付けはニンニクがっつりだし、衣がざっくりした唐揚だ。唐揚ですよ？　小麦粉は帰りにパンが作れなくなるんで、これ以上ここで消費したくない。

鳥の下処理は各自にやってもらった。血抜きがしてあったのはさすがだと思うが、多いよ！　衣に包まれた肉を油に落とすと、シュワシュワと大きな音を立てて泡が勢いよく出る。しばらくすると次第に音が小さくなり、パチパチと高い音に変わると揚げ上がりの頃合い。どっちもいい音だ。

主食は予定通り、イラクサのパスタ。甘いものはパン粉の残りとパンを薄く切って、砂糖をまぶして揚げたラスクもどき。

「この短い時間に、居住空間ができつつあるのがすごうございます」

「まだ壁を作り始めたところだ」

野営地を見渡す執事に答えた。

「探索には慣れてねぇのに、野外生活は慣れてるを通り越して異次元だな」

「全くだ。ここに限らず探索には行っているが、こんなのは初めてだよ、宵闇の君」

半眼で言うディーンと、同意するクリス。

「本当に街にいる時よりいいもん食ってる気がする……」

唐揚を見つめるレッツェ。

下味はニンニク、生姜、ワインと魚醤を少々。醤油を使いたいのを我慢して、日本酒もブランデーもないから、クリス提供のワインを使った。ますます謎の唐揚に。

「ますます美味しいですな。このパスタの味はなかなか」

「うむ。唐揚は鳥の方が好きだ」

俺もアッシュに同意だ。食べ慣れてるせいかもしれんが、やっぱりトカゲより鳥の方がいい。それも鶏。そして、白飯が食いたい。

◆◇◆◇◆

帰りは道中なんの事件もなく、つつがなく。あとで話を聞かせてくれというディーンと、また明日会う約束をして俺は家に。

ギルドへは帰着の挨拶の顔を出しただけで、報告は押しつけた。今回のメインはディーンとクリスだからな。

書類や人を介した情報なら、俺のことはすぐに、こっちの人たちの意識の外に追いやられるのだが。顔を突き合わせて報告となると、「注目されない」という特典が利かない。「ギルドの上の方の人に直接ご報告を」とカイナさんに案内されかけて、脱走してきた。何より、一刻も早く風呂に入って、ベッドで寝たい！

借家に帰って、暖炉に火を入れる。

暖炉に火を入れるのは、家にいるフリのためもあるが、暖炉の精霊に来客を教えてもらうためでもある。普段眠っていていてレンガの隙間や灰の中に姿を隠しているが、火を入れると目覚めて暖炉の中を飛び回る、小さな精霊だ。日常にいる小さな精霊は弱いけれど、同じ精霊同士で、離れていても意思疎通できる者がいる。特定の場所から動けない精霊に多く、暖炉の精霊もその力を持つ。

俺が家にいる間に借家に来客があったら、教えてくれるようお願いしてある。今日は確実に来客がある予定だ。

なぜなら、俺が途中で逃げ出したギルドへの報告を終えて、俺の分の報酬をアッシュと執事が持ってきてくれるから。カイナさんにも、俺の報酬は2人に渡してくれるようお願いしてきた。お使いの対価は風呂だ。

そういうわけで、借家のバスタブにお湯を半分くらい入れる。風呂場を温める目的と、俺が入った風を装うためだ。こっちの石鹸は使う気が起きないので、風呂は家で入る予定。この世界にも石鹸はあるけど、獣の脂からできたなんか柔らかい石鹸で、ものによって少々臭う。石鹸作るかな。おっと、竈にも火を入れておこう。

「リシュ、ただいま」

家に【転移】し、駆け寄ってきたリシュをひと撫でして、家の暖炉に火を入れた。

のんびり風呂に入って体を洗う、汚れすぎてて泡立たないんですが……。３回くらい洗うはめに。

さっぱりしてリシュと遊んでいたら、暖炉の精霊が騒ぎ出した。騒ぎ出したといっても言葉を話すわけではなく、火の勢いが強まり、パチパチという音が大きくなる。

「来客か、ありがとう」

暖炉に向かって声をかけると、大きくなった火が一度ゆらいで元の大きさに戻る。

「ちょっと待っててくれ」

【転移】で借家に行くと、扉に向かって声をかけて、風呂に向かう。バスタブのぬるくなった湯を抜いて、新しい湯を【収納】から出す。もうもうと湯気が上がったところで、適温よりちょっと高いくらいに水でうめる。温度調整用に水の桶の設置よし、タオルよし。

「どうぞ」

扉を開けて２人を招き入れた。

「お邪魔する。まずこちらを」

入るなりアッシュが言い、執事がテーブルに金の入った袋を置く。

「ありがとう。風呂は熱めに用意してある、タオルとかは前回と同じで」

「感謝する」

2度目なので詳しい説明はいらない。仕切りの壁に付けた棚からタオルと籠を取り、執事が風呂場に向かった。水の音がしたので、アッシュの好みより熱かったようだ。

「お嬢様、準備ができましたのでどうぞ」

「うむ」

2人のやりとりを聞きながら、次の用意をする俺。やっぱり狭くても脱衣所を作るべきだったろうか。長湯をすると、持ち込んだバスタオルや服が湿気てしまう気がする。

「すみません」

井戸で水を汲もうとした俺に代わって、執事が釣瓶《つるべ》の綱を引く。暖炉と竈の大鍋に水を入れて、執事用のお湯の準備を済ませた。

「どうぞ」

「ありがとうございます」

一息ついて、執事にお茶を出す。お茶受けはクルミのパウンドケーキ。

「よろしければ、ここのバスタブをどこで購入したかお教え願えませんでしょうか？」

精霊や今回の調査の話題ではなく、風呂の話題か。依頼と素材の販売でまとまった金が入ったので、風呂を作りたいのだそうだ。

「パスツール国のエディという街で扱ってるものだ」

「パスツール……。取り寄せに半年はかかりそうですな。やはり当面、バスタブは木にいたしましょう」

依頼に3カ月、配達に3カ月の距離。しかも道中で盗賊も出る。国をいくつか跨ぐので領主に取り上げられるリスクもあり、無事につくかどうか不明。すでに噂を聞きつけた貴族の予約でいっぱいで、すぐに買えないというオチもついている。

飾ってある陶器と相まって、出身地か何かと勘違いされた気配があるけど、わざわざ訂正するのも変だし、そのままにしとこう。

「お貸しいただいたローブですが、やはり売っていただけないでしょうか」

「いいよ、もともとあげるつもりだったし」

「いいえ、それでは申し訳ないので」

どうやら今回の調査の結果、討伐隊の編成が決まったらしい。執事たちも参加するので、また森の奥に行くためにもぜひ、ということらしい。

野宿の旅、もう1回行くのか……しかも拠点での宿泊日数が長そうだけど。執事が気を遣うので、オオトカゲの皮の値段を参考に代金をもらうことにした。今度は大勢でもう1回行くなら、オオトカゲの皮は値下がりしそうだし、加工賃なしで。

話している途中に何度か、鍋から盥に湯を移して、さらに湯を沸かす。

「ノート、あがったぞ」

ぽかぽかした感じのアッシュが、風呂から出てきた。

「アッシュ、お茶飲んでて」

「手伝おう」

「お嬢様、お休みください」

ノートに言われて、手伝いを買って出たアッシュが椅子に戻る。従者としては、主人に風呂の用意はさせられんわな。バスタブを軽く水で流し、水を少し貯めたところに盥から湯を移す。

「では失礼して」

執事が着替えとタオルを入れた籠を抱えて、風呂に入る。

「ごゆっくり」

閉まったドア越しに声をかけて、アッシュのいるテーブルに戻る。湯上がりの女性と部屋で2人。ただ、その女性は机の上に両肘《ひじ》をつき、組んだ手で顔の半分を隠し、眼光鋭く、殺し屋のような顔をしている。10センチほどの厚さの壁の向こうには、素っ裸の初老の男性がいるわけだが。雰囲気は殺し屋の女性がぽかぽかと湯上がりに頬を赤らめているという、シュールなことになってる。頭頂部にはアズがいるし。

「どうした？」

その眉間の皺は、心配事か、悩み事か、なんだ？　怖い顔をして甘いもの好きなのに、パウンドケーキにもお茶にも手をつけていない。アズはアズで、どこか居心地悪そうにアッシュの頭で蹲《うずくま》る向きを頻繁に変えている。大抵は肩にいて、俺がいればこっちに遊びに来たりするんだが……。アッシュの頭頂部に偽物のつむじが形成されそうだから、やめてやれ。

「ああ、すまぬ。ジーン殿は森で精霊を見たかね？」

「ああ」

顎の精霊と臭いの精霊のお陰で、精霊はフェチ優先説という仮説が、俺の中でバッチリ育ち始めている。

「あのようないたわしい状態の精霊を見るのは、宮廷魔道士の暴走の時以来だ」

「……」

黒い精霊のことか！　あれはもう見かけたら、捕まえたい衝動を堪えるので精一杯だった。

「――人が魔法を使う場面をあまり見たことがないのだが、普通はどうなんだ？」

俺が魔法を使う時は、手を貸せる精霊だけお手伝いをお願いします、という緩い力の求め方をしている。細かいのがちょっとずつ力を注いでくれるというか、注ぎすぎる感じなのだが。

「精霊が人に力を貸すのは、純粋に気に入ったか、呪文という一種の契約で呼ばれたかだ。精霊が力を貸すのは、自身の力が10とすると、うち2程度だと言われている。それ以上は契約や呪文で縛って無理やり引き出すか、魔力で存在を破壊して引き出すかだ。精霊の力は精霊の存在そのものなので、力を使い切ったら消える」

「あの溶けたような精霊は、存在を破壊されたんだな？」

「そうだ。そして黒く染まるのは、人間を憎んでいる証拠だ。獣を魔物にするだけでなく、術者など周囲にいる人にとってもいい影響はない」

そして最終的に魔物化するんですね？　とすると、姉は勇者でなく魔王になりそうだ。いや、【精神耐性】を付けたのかな？　付けてなくても鋼のメンタルでスルーしそうだが。そばにいる友人1号と2号はどうなんだろう？　壮絶なる同士討ちフラグだろうか。

「聞いていると、普通の魔法もなるべく使わない方がいい気がしてくるな」

精霊が人に力を貸すのって、ただただフレンドリーなだけか？　だが神々は、俺が力を使えば、力を貸した神々自身も強くなると言っていたはず。

「いや、精霊は普通、使った分よりも少し多い力を得て回復し、成長する。それに魔力は、本来は精霊の存在を安定させるのだそうだ。精霊は火なら火の、水なら水の気配のごときものが凝《こご》って意思を持ったもの。普通は散ってなくなってしまうものを留めるので、精霊にとって魔力は魅力的らしい。無理をさせなければ喜んで力を貸してくれる」

「へえ」

「アズは黒く染まってもおかしくない状態だったのに、今もそばにいてくれる。だからついあの精霊たちと比べてしまうのだ」

ああ、怖い顔の理由がわかった。人が黒くしてしまった精霊を見てへこんでたのか。アッシュ、わかりづらい！

「ちょっと待ってろ」

台所に一旦引っ込んで、【収納】から色々引っ張り出して皿に盛った。アッシュの気分が上向くよう、なるべく華やかに。

「待たせた。執事には内緒で頼む」

「内緒？　――これは」

アップルシナモンタルト、ショートケーキ、チョコレートのシュークリーム、マカロン。もともとはアフタヌーンティーセットを目的に、それぞれ小さめに作ってある。

「菓子だ。どうぞ」

新しいカップに紅茶を注ぐ。こっちのお茶はちょっと土臭いというか、戸棚で放置して古くしたような味がするので脇に避けてしまう。

「見たことがないものなのだが」

「ああ、だから内緒。口に合うかはわからないけど、甘いものだから」

「む……」

「精霊のことは忘れていいことじゃないけど、落ち込むのも健康に悪そうだ」

あいにく人を慰めるのに慣れていないので、甘い菓子を勧めてごまかそうとする俺。石造りの家、漆喰の白い壁と焦げ茶色の梁、無骨な暖炉にオレンジ色の火が燃えている。テーブルの上には蝋燭と色とりどりのお菓子。

向かい合って座るのは、精霊の美形な見た目をもらった俺と、風呂上がりの暗殺者——いや違う、年頃の女性。おかしいな？　雰囲気たっぷりなはずなのに、どこで間違えた？

「すまない、暗くしたか。ありがたくいただく」

一口サイズのシュークリームを口に入れると、眉間の皺が取れて、後ろに花が舞うような嬉しそうな顔になる。ちょっと可愛い。

「ジーン殿は食べないのかね？」

「俺は食事をとったから。食べられるなら全部食べていいぞ」

ふろふき大根を柚味噌《ゆずみそ》で。鰤《ぶり》のお刺身とご飯と味噌汁、ラッキョウ。久しぶりの日本食を堪

能したあとだ。烏賊《いか》の塩辛でご飯のお代わりもした。

多分、アッシュたちはギルドの酒場で食事か、その辺の出店で簡単な夕食にしたのだろう。あとの3人は今もどこかで酒を飲んでそうだが。

しばしアッシュが菓子を食うのを眺める。食べている時は無言になることが多く、堪能してくれているようだ。ショートケーキに一番時間をかけたが、どうやら一番気に入ったようだ。

「この茶も香り高い。リンゴのタルトは食べたことがあるが、別物だ。全て美味しい、特に白いクリームのものが。あの赤い実はなんだったのかね？」

全て食べ終えて、ようやく話し始めるアッシュ。

「苺《いちご》という果物だ」

なんなのかわからないで食べていいのか、公爵令嬢。出しておいてなんだが、心配になる。

「いかん、幸せだ。自分がこんなに簡単な人間だとは思っていなかった」

「別にいけないことはないだろう。今の方がアズも嬉しそうだ」

今のアズは、アッシュの肩の定位置に留まってふくふくしている。

「そうか」

「そうだ」

元気になったようで何よりです。

さて、アッシュの心の平安のためにも、これからどこかで黒い精霊を見たら、とっ捕まえよう。俺も強くなれるし、精霊の体も癒されて回復するし、一石二鳥だろう。なお、精神面の方は考えないものとする。

住居を整えて、美味しいものを作って、友達らしき人もできた。山の中に放り出された時は途方に暮れたが、いいんじゃないかな？

うん、いい。

これからこの世界をもっと見て回って、人と会ったり、新しいものを知る楽しみもある。なんでもできる上に、安心で快適な場所があるって素晴らしいじゃないか。

外伝1 「勇者」の周辺

「結花《ゆか》はまた迅とこもってるの？」

問いかけた女は、黒い瞳を閉じられた扉の先に向ける。

艶《つや》やかな黒髪とどこか無邪気さを残した白い顔は庇護《ひご》欲を掻き立て、低くはないが落ち着いた声は人を信頼させる。

「ああ。妬《や》かないで、僕のお姫様。妹は初めての恋人に舞い上がってるだけだ、君の弟君にね。君には僕がいるじゃないか」

一緒にワインを飲んでいた男が、芝居がかった言い回しで切なげに微笑む。

「あら、別にそういうことではないの、私には久嗣《ひさつぐ》もファティンもいるしね。……ただ、迅は女性不信よ？　結花が心配なの」

そう言って女――遥は視線を逸らし、小さくため息をついた。

「ああ、迅君のそばにいられる女性は、姉である君だけだったね。でも、あの迅君は、こちらで僕の妹が力として望んだ存在だ、妹べったりになるのは仕方ないよ。あと、――他《ファティン》の男の名前は出さないで欲しいな」

久嗣が遥の髪を一房掬いとって、口づける。

「それにアレは結花の力《もの》だけれど、僕らの記憶を読んで動く人形だよ？　本当の君の弟がいるのは日本だ」

遥たちがこちらに来ることになった原因、世界の安定のために行われる「召喚」には、あちらの世界で残された寿命がわずかな者だけを喚ぶ決まりがある。

「私たち健康だったもの、寿命が短かったのはきっと交通事故よね？　迅を待って、一緒に道路を渡るべきだったかしら……きっと寂しがってるわ」

「迅君は『兄』になってるのかな？　今の遥は、迅君より年下だよね？」

「あら、弟は弟だわ。何があっても」

喚ばれた者には、こちらの世界で生きるために望む能力が付与される。

遥が選んだのは、【全魔法】【支配】【若さ】【美貌《びぼう》】。

久嗣が選んだのは、【全剣術】【能力強化】【若さ】【美貌】。

結花が選んだのは、【人形】【若さ】【美貌】。

こちらの言葉を理解するための【言語】と【身体能力の強化】は、こちらの神と呼ばれる存在に望まずとも付与された。

通常ならば【精神耐性】も付けるところだが、断って、その分の効果を他の能力に割り振ったのは遥たちの希望によるものだ。

【若さ】【美貌】は字面《じづら》の通り。遥は弟よりも若くなり、面影は残したまま、望んだ通りに美しくなっている。

【全魔法】【全剣術】は、この世界で書物に記録されたことがあるものなら、学習する必要もなく全て使えるようになる。【全魔法】はともかく、【全剣術】は物語で読んだような技や動きが多く、実際には剣術の基礎も必要になる。一度でも動きをなぞることができれば、付与された能力で自分のものになるのだが、それさえ面倒だと思った久嗣は、神の助言により、基礎力をさらに高める【能力強化】で補うことにした。

【能力強化】と【支配】、【人形】は、持つ者の性質と行動に即して成長する能力であるため、効果は未知数というところだ。


「迅、また強くなったの？」

結花が、うっすらと筋肉の浮き出た迅の腹をなぞる。日本にいた頃の結花の記憶よりも引き締まった体。

「ああ。結花の望みだし、強くなるのは楽しいから」

迅が結花から離れるのは、鍛錬《たんれん》の時間だけだ。騎士たちに混じって迅が剣を振るうのを、結花はよく眺めている。

「楽しいのは遥さんがいないからでしょう？」

「そうかな？」

──遥に会わせてはダメ。そばに行かせたら、日本での遥の記憶に引っ張られちゃう。

迅は、遥が思ってるような人じゃない。嫌がっても、迅は最終的には遥のことが好きで望みを叶えてくれると自信満々だけど、絶対違う。遥の記憶は間違ってる。

「私が自由にしてあげる」

──迅をちゃんと見てるのは私だけ。

「ああ」

答えて、迅が結花を抱きしめる。【人形】は、結花が望めばその姿になる。結花自身に使わなかった分の能力を【人形】に上乗せし、どうしても強くしたいという望みを神が叶えた。何かを取り込んで少しずつ強くなるらしいが、出来上がった【人形】の姿に舞い上がって、結花はこの能力について深く聞いておくことをしなかった。

残念ながら、迅についての多くを結花は知らず、形を作るのに遥と兄の記憶も借りている。安定すればそれも不要になるだろう。

遥には、「無理だ」とやんわり止められたけれど、結花はあの花火大会の日、迅に告白するつもりだった。もう日本には戻れないし、戻ってもすぐに死ぬと聞いた時は絶望したが、今この世界に迅が、それも自分の横にいるのならば、満足だと思う結花。

遥の迅に対する認識が間違っていると断じておいて、自分の認識が間違っているとは微塵《みじん》も思っていない。

今は【人形】が愛する存在《ひと》だが、その本質も結花は見ていなかった。

外伝2　ディーンと可愛い妹

妹が転がり込んできた。

兄の欲目《よくめ》を差し引いても、確かにアミルは可愛いと思う。そのせいか、アミルは幼い頃から父や近所の人たちに甘やかされて、よく母親が父に文句を言っていた。厳しい母より、父のそばに行こうとするアミル。厳しいっつうか、当たり前の躾だと思うけど。

「容姿なんて20年もすれば衰える、そのワガママな性格をなんとかするか、手っ取り早く金持ちでも捕まえないと、苦労するぞ？」

妹のことが可愛くないわけではないが、そう言って構いすぎないようにしていたのに。なぜかやって来て、久しぶりに会うことになった妹の頼みを聞き入れて、家に置いてしまった。

「母さんは酷いな、しばらくここにいろ」

そう言ったのは、俺だ。

アミルを見ていると、ふわふわした気持ちになる。ふわふわして気持ちいいものだから、じゃあアミルもふわふわしてたっていいんじゃないか？　と思ってしまって言い分を聞く。ふわふわした気持ちのまま部屋を出て、扉を閉めて、でもあの話、母の言い分の方が正しいよな？

と思い直す。やっぱり説教をしなくては、と踵《きびす》を返し、扉を開けて妹の顔を見た途端、「まあいいか」と思う。それを繰り返して、やがて違和感を覚えなくなった。

たまに『精霊の枝』に行くと、少しスッキリする。スッキリして判断がはっきりしている間に妹を諫めようとするが、毎回うまくいかない。もうちょっとやらかしが大きければもっと叱れるんだが、妹のやらかしは「甘え」から来る小さなものなので、怒るのを躊躇《ためら》ううちに流される。面と向かうと妹の頼みを断り切れないため、頼まれるよりも先に、別の新しい仕事を受けてしまうことにした。

「で？　冒険者の基礎を学びたいって？　あと護衛の依頼か」

「ええ。一通りの手順と、あとは自分がどの程度かわからないので助言をいただければ」

そいつの最初の印象は、冒険者にしては話し方が丁寧なこと。綺麗な顔をして、荒事に慣れてなさそうな頼りない男に見えた。

「依頼を取り下げておいてくれ」

依頼の内容を確認している最中、ちょっと妹と揉《も》めたら、途端に氷点下になった。いや、振れ幅激しすぎだろう⁉　感じ悪いぞ！

俺と揉めたせいで、カイナが上に叱られた。あの感じの悪い坊主《ぼうず》がどうやら優秀だったらしく、ギルドに収められるはずだった品々が商業ギルドに流れているらしい。妹も顔のいい坊主のことが気に入ったらしく、正門から商業ギルドへ向かう道のあたりをうろついたりしてる。

あんな些細ないざこざで鞍替えかよ、と思わねぇでもないけど、俺が悪い。俺と妹の甘々な関係に巻き込んで、依頼の話の最中に揉めたんだから。

場所もギルドだし、予想できた展開だよなぁ。今度会ったら潔《いさぎよ》く謝ろう。そう思って、ギルドの酒場で坊主＝ジーンがいつ頃狩りに出かけるのか周囲に聞いてみると、不思議なほど奴に関する情報が集まらない。

立派な熊が商業ギルドに納品されたことが話題になっているにも関わらず、だ。普通だったら物見高い奴らから、いつ正門で見かけたとかすぐに集まってくるのに。それじゃなくても目立つ容姿をしてるのに。

坊主について、ギルドで話ができるのはカイナとアミルだけ。熊の納品のことは話題に上がって、俺が「ギルドに顔を出した顔のいい奴だろ?」と促すと、「そうだったか?」と他の話題に移ってしまう。「何かおかしい」と言っても、他の奴らには暖簾に腕押し。

それで次に会った時、こちらから謝って、一緒に狩りに行くことになった。

俺の知ってるキンカ草の群生地を教えて、前回のことはチャラにしてもらおう。俺のせいでいつまでもカイナが上からチクチク言われてるのは堪らねぇし。アミルについて辛辣《しんらつ》なことを言われて、ちょっとムッと来たが、1日付き合うだけだ。

——アミルの魅力がわからないなんて残念だな、と思う程度だった。普通だったら、腹を立てて威圧してもおかしくないことを言われたけど。

ジーンといると、ふわふわしていた心が落ち着いて思考がスッキリする。妹のことは納得いかねぇけど、そばにいると自分が自分でいられるようで、なんか謎の解放感があった。最初は「癇性《かんしょう》」という印象を受けたジーンは、意外と大雑把でちょっと抜けていた。

力があるように見えないのに、戦い方は俺と同じパワータイプ。しかも、力任せに叩き潰すみたいな脳筋。俺に脳筋って思われるなんてよっぽどだぞ？

本当に狩りに慣れていないみたいで、じっと俺を観察し、真面目に覚えては取り入れている。素直で、ちゃんと言う通りにやってみようとする。俺は今までも狩りの仕方を教えてきた。そいつらはいくらか経験があって、マズイところを修正したり付け加えてやればこと足りた。

でもコイツは違う、絶対的に経験が足りないし、狩りの前にそもそも森を知らないらしい。それでいて強いので、問題をスルーして踏み越えていってしまう。

やばい。俺も脳筋の部類なんで、このまま手本にされたらやばい。普通は経験が足りねぇところは、工夫で埋めるもんじゃねぇの？　力で埋めてくるのはよせ。

やばい。魔物がいる森で無警戒、こいつが慎重になるのは肉の焼き加減だけなのか。俺の警戒の仕方も、冒険者の経験から来る勘みたいな探り方なんで、うまく説明できない。俺のうまく説明できない部分を、力で乗り越えてこられる感じ。俺の行動だけ真似られてもやばい。

この脳筋を、俺が指導役で野に放つのか？　え、俺のせいになるのか？

内心テンパってたら、今度は殺し屋が来た。違う、おっかねぇ顔のジーンの知り合いが、森から出てきた。最近ギルドで熊を1人で狩ってくるので噂になっていた男だ。

確かアミルが怖がって、受付よりも買い取りカウンターに多く行くような仕事を振ったとかなんとかで、俺もあんまり話したことはなかった。

ジーンと話してるのを聞いてたら、怖い顔だけど真面目そうで、俺はいいと思ったけど。すると、その殺し屋みたいな男＝アッシュが、アミルに精霊が憑いていて、俺もその影響下にあると言ってきた。この世界は精霊であふれている。強い精霊は普通の人間にも見えるし、魔力を使いこなす奴らは魔法陣やら何やら、条件を整えれば見ることも呼び出すこともできるという。が、普通は見えないので、意識することもない。それが見えるというアッシュ。

「本当にすまん、俺が甘やかしたばっかりに！」

ちょっと眉唾《まゆつば》だと思ってた。ジーンの手が伸びてきて、気づいたら俺は地面に転がされていた。言われて最初混乱したが、浮かんでくるあれやこれや。

やばい、俺、ずっとやらかしてた。やらかしの原因は妹だが、妹の望みを叶えるために行動していたのは俺とか、周りだ、つまり、一番長く一緒にいた俺が一番やらかしてる。

ギルドの女性職員には土下座コースだな。特にアミルを指導していたカイナには……っ！

「いや、君は精霊憑きの影響下にあったのだ、惑わされていたにすぎん」

アッシュが怖い顔で、優しく告げてくる。精霊が憑いたことによる混乱や事象には、寛大な対応が慣例だ。だが、自分で自分が恥ずかしい。なんであんな行動をとったのか。

見ると俺を精霊の影響から解放した本人は、真剣な顔でウサギを焼いている。血の気が引いている俺を、怖い顔をしたアッシュが朴訥《ぼくとつ》な状況説明で慰めてくれてる。

いや、ちょっとなんかおかしい。俺はジーンのお陰で解放されたんじゃないのか？　そのあとのことについては興味ないのか？　スルー？

「ジーンもすまなかった！」

「俺は実害を受ける前だし、気にするな」

謝ってもやっぱり、ジーンの興味はウサギだ。鉄壁のマイペースさに俺の心中も落ち着いて、色々対策を考える。

まずはギルド、おそらく男性たちは精霊の影響下だ。女性陣に頭を下げて協力を仰いで、アミルを『精霊の枝』に連れていき、精霊落としを受けさせるのが最初にすべきことだ。

――ジーンがやったのは精霊落としの一種だろうか？

精霊が見えるアッシュ、精霊に対して何かできる能力を持つジーン。

2人とも、能力がバレたら厄介なことになる。アッシュは自覚して慎重そうなのでいいとして、色々やばそうなのはジーンだ。

偉そうなことを言える立場じゃないんだが、つい釘を刺す。

自分のしたことがバレていて、驚くジーン。いや、バレバレだからな？　何でバレないと思ったんだお前？　俺にバレるってことは大多数の人間にバレるからな？

やばい、こいつ、早急に学習させないとやばい。でも俺も大雑把な部類で自信ねぇ、というか、こいつの行動に拍車をかけるか、引きずられそう。

幸いなことに学習意欲はあるみてぇだから、誰かいいお手本を突っ込もう。俺の心の平穏のために。

あとがき

こんにちは。はじめましての方も、Ｗｅｂ版をお読みいただいている方も、手に取っていただきありがとうございます。

書籍化するにあたり、岩崎美奈子様にイラストを描いていただける幸運に喜び、そして気がついたらメインに女性（に見える）キャラがいなくて愕然としたじゃがバターです。

表紙はジーン、アッシュ、ノート、ディーン、そして精霊代表ミシュト。山の中で美味しいものを食べている面々。雰囲気満点、色使いが大好きです。

イメージイラストに触発されて、作中のミシュトの出番を増やしておりますが、他にも縮めたり補足したりとＷｅｂ版と変わっております。読みやすくなっている、読みやすくなっていると思いたい。

編集さんには誤字脱字、私の曖昧な設定で絶賛ご迷惑をお掛けしております。

冒頭の召喚を必要とするほど、人間の生活臭に溢れて精霊さえも見えなくなっていますが、世界の端にはまだ幻想が残っている――そんな世界。

あとは多分に作者の美味しいものが食べたい！　色々な風景を見たい！　ごはん！　という

願望が詰まっております（ごはん成分多め）。

そしてジーンは最初人間不信で人嫌いっぽいですが、心許しても大丈夫と思ったら隠し事が面倒になるタイプです。

巻末の書き下ろしはディーン視点からのジーンになります。まだ普通を装っているジーンですが、にじみ出ている何か。これからどんどん世間一般の普通と、ジーンの普通がずれていく予定です。

異世界の風景と飯テロ、マイペースな主人公、ジーンに振り回される周囲の様子をぜひお楽しみください。

そして、できればまた本という形で会えますように！

２０２０年卯月吉日

じゃがバター

SPECIAL THANKS

「異世界に転移したら山の中だった。反動で強さよりも快適さを選びました。」は、コンテンツポータルサイト「ツギクル」などで多くの方に応援いただいております。感謝の意を込めて、一部の方のユーザー名をご紹介いたします。

桜杜　本みりん　いまかわたまき
京　紅茶りんご
grasler　金ちゃん　かいむりゅーや　みんみん
白雪蒼奈　KIYOMI　akaika
iju　ナンジョー　会員～　ciel-bleu-clair　十七夜
Cat's9　ラノベの王女様　ヨチぽた　ぴね　黄パプリカ
DiaboloXxX　凛咲 茜

ツギクルAI分析結果

「異世界に転移したら山の中だった。反動で強さよりも快適さを選びました。」のジャンル構成は、ファンタジーに続いて、恋愛、SF、歴史・時代、ミステリー、ホラー、現代文学、青春、童話の順番に要素が多い結果となりました。

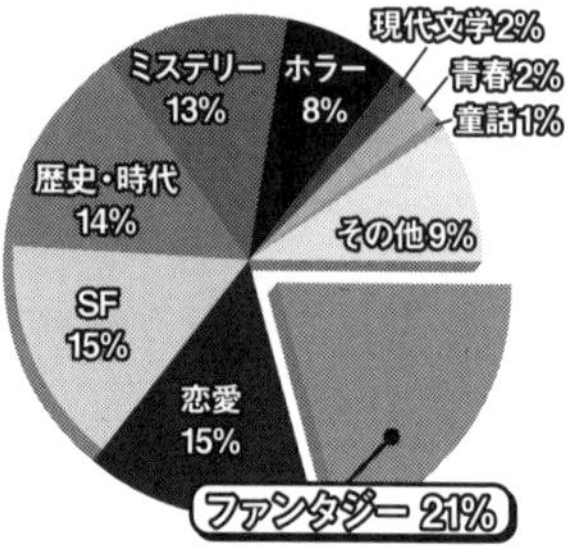

期間限定 SS 配信

「異世界に転移したら山の中だった。反動で強さよりも快適さを選びました。」

右記の QR コードを読み込むと、「異世界に転移したら山の中だった。反動で強さよりも快適さを選びました。」のスペシャルストーリーを楽しむことができます。ぜひアクセスしてください。
キャンペーン期間は 2021 年 1 月 10 日までとなっております。

逆行した悪役令嬢は、
深窓の令嬢になります
なぜか魔力を失ったので
コミカライズ企画進行中!
著✝蒼伊
イラスト✝RAHWIA
魔力がなくても精霊と一緒に未来を変えます!
魔力の高さから王太子の婚約者となるも、聖女の出現により
その座を奪われることを恐れたラシェル。聖女に悪逆非道な行いをしたことで
婚約破棄されて修道院送りとなり、修道院へ向かう道中で賊に襲われてしまう。
死んだと思ったラシェルが目覚めると、なぜか３年前に戻っていた。
ほとんどの魔力を失い、ベッドから起き上がれないほどの
病弱な体になってしまったラシェル。悪役令嬢回避のため、これ幸いと今度は
こちらから婚約破棄しようとするが、なぜか王太子が拒否!?
ラシェルの運命は――。
悪役令嬢が精霊と共に未来を変える、異世界ハッピーファンタジー。
本体価格1,200円＋税
ISBN978-4-8156-0572-8
ツギクルブックス
https://books.tugikuru.jp/

アシュリー・エフォートは平凡な男だった。

いつかは魔神を倒して人々を助けたい——そんな夢を抱いていたある日、
転生の儀式で勇者の攻撃によって右手を負傷する。

勇者の方が大切な国は、まったく落ち度のないアシュリーに難癖をつけて追放。

「俺だって強くなりたいのに……ずっと頑張ってたのに……ひどすぎる……」

「では、強くしてやろうか？」

ひとり泣いているところに見知らぬ少女が現れ、
アシュリーは運命の扉を開けることになる——。

本体価格1,200円＋税　ISBN978-4-8156-0568-1

「」カクヨム
2,000万人が利用!
無料で読める小説サイト
イラスト:スオウ
カクヨムでできる
3つのこと
What can you do
with kakuyomu?
1
書く
Write
便利な機能・ツールを使って
執筆したあなたの作品を、
全世界に公開できます
2
読む
Read
有名作家の人気作品から
あなたが投稿した小説まで、
様々な小説・エッセイが
全て無料で楽しめます
3
伝える
つながる
Review & Community
気に入った小説の感想や
コメントを作者に伝えたり、
他の人にオススメすることで
仲間が見つかります
会員登録なしでも楽しめます!
カクヨムを試してみる
「」カクヨム https://kakuyomu.jp/
カクヨム
検索

ツギクルブックス

愛読者アンケートに回答してカバーイラストをダウンロード！


愛読者アンケートや本書に関するご意見、じゃがバター先生、岩崎美奈子先生へのファンレターは、下記のURLまたは右のQRコードよりアクセスしてください。

アンケートにご回答いただくとカバーイラストの画像データがダウンロードできますので、壁紙などでご使用ください。

https://books.tugikuru.jp/q/202007/yamanonaka.html

本書は、カクヨムに掲載された「転移したら山の中だった。反動で強さよりも快適さを選びました。」を加筆修正したものです。

異世界《いせかい》に転移《てんい》したら山《やま》の中《なか》だった。反動《はんどう》で強《つよ》さよりも快適《かいてき》さを選《えら》びました。

2020年7月25日　初版第1刷発行
2021年5月 6 日　初版第4刷発行

著者　じゃがバター

発行人　宇草 亮
発行所　ツギクル株式会社
〒106-0032　東京都港区六本木2-4-5
TEL 03-5549-1184
発売元　SBクリエイティブ株式会社
〒106-0032　東京都港区六本木2-4-5
TEL 03-5549-1201

イラスト　岩崎美奈子
装丁　株式会社エストール

印刷・製本　中央精版印刷株式会社

定価はカバーに表示してあります。

乱丁本、落丁本はお取り替えいたします。

ISBN978-4-8156-0573-5
Printed in Japan